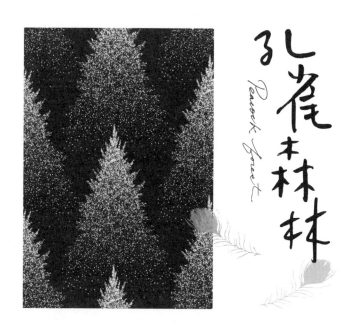

孔雀森林

Peacock Forest

著————蔡智恆

Chapter

Chapter 1

心理測驗

✼ ✼ ✼ ✼ ✼ ✼ ✼

可以容納約150個學生的階梯教室裡雖然坐滿了人，
但除了教授喃喃自語般的講課聲和偶爾粉筆劃過黑板的聲音外，
幾乎沒有任何聲響。

「來玩個心理測驗吧。」
教授突然將手中的粉筆往黑板的凹槽拋落，發出清脆的喀嚓聲。
粉筆斷成兩截，一截在凹槽內滾了幾下；另一截掉落在講台上。
他轉過身，雙手張開壓在桌上，眼睛順著一排排座位往上看，
臉上露出微笑說：「好嗎？」

沉寂的教室瞬間醒過來，鼓噪聲此起彼落。
我被這陣聲浪搖醒，睜眼一看，桌上的《性格心理學》停留在78頁。
記得那是剛開始上課時的進度，而現在已是下課前10分鐘。
拉了拉身旁榮安的衣袖，正在點頭釣魚的他吃了一驚，下巴撞上桌面。
唉唷一聲，他也醒過來。

右前方三排處的女孩聞聲回頭，先是一楞繼而笑了起來，笑容很甜。
我覺得有些窘，轉頭瞪榮安一眼。
他揉了揉下巴，睡眼惺忪地望著我，問：「發生了什麼事？」
我沒回答，只是狠狠捏一下他的大腿。
「啊……」他才剛開口，我便摀住他的嘴巴，不讓他出聲。
女孩又笑了一下，然後轉頭回去跟隔壁的女同學說話。

「這個測驗的問法雖然有很多種，不過答案的解釋都是差不多的。」

教授摘下眼鏡，掏出手帕擦了擦，戴上眼鏡後繼續說：
「你在森林裡養了好幾種動物，馬、牛、羊、老虎和孔雀。如果有天
　你必須離開森林，而且只能帶一種動物離開，你會帶哪種動物？」
說完後，他轉頭在黑板上依序寫下：馬、牛、羊、老虎、孔雀。
「大家別多想，只要憑第一時間的反應作答，這樣才會準。」

同學們開始交頭接耳，過了約半分鐘，教授又開口說：
「選馬的同學請舉手。」
大概有20幾隻手舉起，榮安和我都沒舉手，笑容很甜的女孩也是。
我覺得「馬的同學」好像是罵人的髒話，於是吃吃笑了起來，
但別人都沒反應。
「選牛的同學請舉手。」
這次舉手的人看來比「馬的」多一些。

笑容很甜的女孩選了羊，她隔壁的女同學則選老虎。
我在教授詢問最後一種動物——孔雀時，舉了手。
右手懸在空中，轉頭問榮安：『怎麼沒看見你舉手？你要選什麼？』
「我要選狗。」他說。

『沒有狗啊！』我左手指著黑板上寫的五種動物。
「是嗎？」他仔細看了黑板一眼，「原來沒有狗喔。」
『那你要選什麼？』
「我要選狗啊。」
『你有沒有在聽人說話啊！』我提高音量，『都跟你說沒有狗了！』

「那位同學。」教授說，「有問題嗎？」

5

轉頭看見教授的手正指向我，其他選孔雀的人早已將手放下，
只剩我高舉右手。
『沒有。』我臉頰發熱，趕緊放下右手。
「能不能請你告訴我們，你為什麼選孔雀？」教授又說。
我緩緩站起身，發現幾乎全部的人都看著我，臉頰更熱了，只得說：
『沒有為什麼。』

「這些動物代表對你而言什麼最重要？或者說你最想追求什麼？」
教授看了看仍然站著的我，並沒有叫我坐下，又接著說：
「馬代表自由；牛代表事業；羊代表愛情；老虎代表自尊。孔雀呢？」
他微微一笑，笑容有些曖昧，「孔雀則代表金錢。」
話剛說完，教室響起一陣笑聲，笑容很甜的女孩笑得更甜了。
教授忍住笑，說：「請坐吧，孔雀同學。」
我想我的臉大概可以煎蛋了。

下課鐘響後，收拾書包準備離開教室時，榮安對我說：
「原來你那麼愛錢喔，難怪都不借錢給我。」
我像一鍋滾開的水，榮安卻來掀鍋蓋，我便順手把書包往他身上砸。
他往後閃避時，剛好撞到經過我們身旁的女孩。
她是坐在笑容很甜的女孩隔壁的女孩，選老虎的那個。
「對不起。」我跟榮安異口同聲。
她沒說話，只是依序看了榮安和我一眼，眼神看來不像是瞪。
然後跨過掉在地上的書包，跟上笑容很甜的女孩，走出教室。

我撿起書包，趁榮安發呆的空檔，舉腳踹一下他的屁股。
「愛錢沒什麼不好啊。」榮安揉了揉屁股。

正想再給他一腿時，有人拍拍我肩膀說：「嘿，我也選孔雀耶。」

轉頭一看，是我們系上另一位同學，跟我不算熟。

『喔？』我隨口問，『你為什麼選孔雀？』

「孔雀那麼漂亮，當然選牠囉！」

說完後，他也走出教室，榮安立刻跟在後頭跑掉了。

我揹起書包，慢慢走出教室，離開教室後，在校園裡閒晃。

想到孔雀的象徵意義，心裡很不是滋味。

雖然愛錢沒什麼不好，但愛錢總跟現實、勢利、虛榮等形容詞相關，

而這並不是我所希望的自己的樣子。

本來可以對這個心理測驗一笑置之，但那位選孔雀的同學，

偏偏就是個愛錢的人。

記得有次他開了輛新車到學校，興沖沖地邀同學出外兜風。

結果有四位同學上了車，包括我。

我們在外面玩了三個鐘頭，才剛回到學校，他立刻拿出紙筆，

計算用掉的油錢等等大小花費，反覆計算核對了三次後，說：

「你們每人要給我 38.6 元。那就 39 元吧，四捨五入。」

我心裡不太高興，給了他 40 元後，說：『不必找了。』

「真的嗎？」他笑著說，「那太好了。」

從此我便跟他保持距離。

我走回宿舍，坐在書桌前，剛把《性格心理學》放進書架時，

榮安開門進來興奮地說：「我查到那個女孩的名字了！」

『哪個女孩？』我轉頭看著他，有些疑惑。

「你喜歡的那個啊！」

我恍然大悟，他說的是笑容很甜的女孩，選羊的那個。

我和榮安都是單身的大四學生，班上也沒有女同學供我們狩獵。
幸好學校規定要修通識教育課程，我們才有機會接觸外系女孩。
這學期我和榮安選了這門課，因為聽說任課教授打成績很大方。
這門課是三學分，每週二下午連續上三節課，修課的學生什麼系都有。
上課沒多久，我便被那個笑容很甜的女孩所吸引。
她看起來很文靜，眼睛又大又亮，尤其笑起來非常甜美。
我通常會坐在她身後三排左右的座位，由高處看著她，偶爾陷入遐想。
但我無從得知她的姓名和系所，直到上禮拜二她穿了系服來上課，
才知道她念統計系。

『你怎麼會知道她的名字？』我問榮安。
「我下午跑出教室時，剛好聽到有人叫她：流尾停。」
『流尾停？』
「嘿嘿。」榮安很得意，「我們上星期不是才知道她念統計系嗎？所以
　我立刻跑到教務處找統計一到統計四的名條一一比對，終於……」

榮安從上衣口袋拿出一張狹長的紙，把它攤開放在書桌上，
我低頭一看，是統計三的名條。
而在紙條下方有一個用紅筆圈出的名字——
劉瑋亭。

我注視劉瑋亭這名字幾秒後，喔了一聲。
「咦？」榮安睜大眼睛，「你的反應怎麼這麼平淡？」
『不然要怎樣？』

「趕快採取攻勢啊！」
榮安雙手拍擊桌面，很激動的樣子。

我抬起頭看著榮安，不知道要說什麼？
雖然每當在教室裡看著她的背影或是在書桌前想到她的笑容時，
總是很渴望知道她的名字，但從來沒想過如果一旦知道她的名字，
又該如何？
「寫情書給她吧。」榮安說。

我想想也對，只有這個辦法了。
畢竟我已經大四了，如果在大學生活中沒談場戀愛或是交個女朋友，
就像在籃球場上不管有再多的抄截、阻攻、助攻但卻沒有得分，
便會覺得這場球賽是一片空白。
於是我馬上起身到其他寢室去借教人寫情書的書籍。

要借這類書籍並不難，在我們這年紀學生的書架上，
充斥著教人如何對異性攻防的書。
因此我很快借到兩本書，其中一本還用紅筆畫了一些重點。
我拿出信紙，左思右想並參考那兩本書，終於寫下第一句：
如果成大是一座花園，妳就是那朵最芳香、最引人注目的花朵。

『榮安啊……』
「什麼事？」他走近我。
『沒事。』
「那你幹嘛叫我？」
我沒有理他，只是揮舞左手叫他別靠過來。

原本想問他第一句寫得如何？但突然想到他的戰鬥力比我還弱，
如果聽了他的意見，後果會不堪設想。

榮安去洗澡了，寢室內只剩下我和書桌上的一盞燈。
我屏氣凝神寫信，力求字跡工整，嘴裡也低聲複誦寫下的文句。
如果不小心寫錯字或覺得文句不順，便揉掉信紙重頭來過。
文字的語氣盡量誠懇而不卑微，讚美她時也避免阿諛奉承。
在榮安洗完澡回來推開寢室的門時，我終於寫完了，只剩最後的署名。
『要署名什麼？』我頭也沒回，『用真名不好吧。』

「用無名氏呢？」榮安說。
『又不是為善不欲人知的愛心捐款。』
「一個注意妳很久的人呢？」
『這樣好像是恐嚇信。』
「一個暗戀妳卻不敢表白的人呢？」
『也不好。搞不好她會以為我是個變態或是奇怪的人。』

「知名不具呢？」
『知名不具？』
「這還有個笑話喔。就是你知道我的名字，但不知道我的陽具。」
『混蛋！』
在寫情書這麼優雅的氣氛中，他竟然冒出這句話，我回頭罵了一聲。
但我罵完後，看見他的樣子，驚訝得說不出話來。

榮安全身脫個精光，連內褲也沒穿，在寢室內走來走去。
『你……你在幹嘛？』

「我在遛鳥啊。」他沒停下腳步，繼續走來走去。

『……』

「我的小鳥一天24小時都不見天日，只有在洗澡時才可以見天日，但洗澡時得被水淋。所以我想通了，洗完澡遛牠一下，有益健康。」說完後，他停下腳步，拿了張椅子到窗邊，然後站上去面對窗外，張開雙臂說：「飛吧！」

『混蛋！你給我下來！』

我很用力把榮安拉下椅子，大聲說：『把內褲給我穿上！』

「喔。」他應了一聲，慢條斯理地穿上內褲，「那你要署名什麼？」

『就隨便弄個化名好了。』

「我幫你查到她的名字，你得好好請我吃一頓大餐。」

『想都別想。』

「你果然是選孔雀的人。」

剛舉起腳想踹他時，突然又想到那個心理測驗，便停了下來。

『這個劉瑋亭是選羊的人。』

「羊？」榮安說，「羊代表什麼？」

『愛情。』我說。

「喔。」榮安想了一下，「那這樣的女孩一定可以帶給人幸福。」

『應該是吧。』

我回到書桌前，在信尾署名：柯子龍。

再加個附註，請她下課後到教室左邊一百公尺外第三棵樹下，我會在那裡等她。如果她願意跟我做朋友的話。

我將信反覆看了幾遍，然後裝入信封。

準備用膠水黏上封口時，又把信拿出來再讀一次。

「都寫了，就寄吧。」榮安說。

我終於把信封緘，在收件人的地址寫上：成大統計三。

躺在床上準備入睡時，腦袋裡還在胡思亂想。

如果那個心理測驗很準的話，那麼我應該會更喜歡劉瑋亭；

但卻會討厭選孔雀的自己。

而如果她很相信那個心理測驗，她會不會因此而不喜歡選孔雀的我？

『榮安。』我睜開眼睛，『你要選哪種動物？』

「狗啊。」榮安回答。

『都跟你說沒有狗了！馬、牛、羊、老虎、孔雀，你到底要選什麼？』

「我要選狗啊。」

『你……』我氣得坐起身，再用力躺下，『趕快睡覺！』

把信寄出後，連續幾天的夜裡都會作夢。

有時是像牽著白雪公主走過青青草原的夢；有時則是像聊齋裡的怪譚。

我也開始想像劉瑋亭收到信後的心情，她會高興？還是覺得無聊？

她會不會優雅地撕破信然後不屑地丟進垃圾桶？

或是廣邀親朋好友來欣賞她的戰利品？

終於又到了禮拜二，我這次因為心虛所以坐在離劉瑋亭比較遠的地方。

雖然緊張，但我仍仔細觀察她的一舉一動，發現她跟平常沒什麼不同。

照理說如果她收到我的信，便知道在這間教室裡有某個人喜歡她、

而且下課後會等她，那她為什麼還能這麼自然呢？

下課鐘響後，我先警告榮安不准躲在暗處看我的熱鬧，
然後飛奔至教室左邊一百公尺外第三棵樹下，背對教室門口。
用了約兩分鐘的時間讓自己平靜不緊張，再緩緩轉身面對教室。
可能是心理作用，我覺得經過的人看我的眼神都很怪異。
突然後悔自己太衝動，不應該寄出那封情書。

大概離我 50 公尺處，有個女孩似乎正朝我走來。
當距離縮短為 30 公尺時，我才看清楚她是坐在劉瑋亭隔壁的女孩。
她越朝我走近，我心裡越納悶：怎麼會是她呢？
但等到我們之間的距離只剩 10 公尺時，我開始慌了。
彷彿看到一隻老虎正朝我走過來，但我前面卻沒有鐵籠子。

「我是劉瑋亭。」她走到我面前兩步後站定，「你是寫信給我的人？」
『啊？』我舌頭打結了，『這……這……』
「是或不是。」
『這很難解釋。』
「到底是或不是。」她說，「如果很難回答，就點頭或搖頭。」
我不知道該點頭或搖頭，因為我是寫給劉瑋亭沒錯，但不是寫給她啊。
她看我一直沒反應，便從書包拿出一封信，說：「這是你寫的？」
我看了看，便點頭說：『是。』

她打量我一會後，說：「我們走走吧。」
說完後，她便轉身向前走。我遲疑一下，跟在她身後。
以散步的角度而言，她走路的速度算快，而且目光總是直視前方。
她沒再說話，自顧自地往前走，我則默默的跟在她身後機械地走。
我越走心裡越納悶：為什麼她會收到信？

孔雀森林

「你怎麼會知道我的名字？」她突然打破沉默。

『啊？』我嚇了一跳，隨即恢復正常，說：『朋友告訴我的。』

我心裡閃過一絲殺意，死榮安，你完了。

「他認識我？」

『不。他……』我想了一會，編了一個理由，『他認識妳朋友。』

「原來如此。」

「柯子龍不是你的本名吧？」

『嗯。我叫蔡智淵。』

「智淵？」她點點頭，「這名字不錯，知識淵博的意思。」

『謝謝。』

「爲什麼化名子龍？」

『我高中時用子龍這個名字投過稿，有被錄取。』

「是詩？散文？還是小說？」

『都不是。我投的是笑話。』

「哦？」她停下腳步，「說來聽聽。」

『小明心情很差，小華就告訴他：沒什麼好擔心的，反正兵來將擋。

　小明卻說：可是"兵"不是能吃"將"嗎？』

我也停下腳步，看她都沒反應，便說：『我說完了。』

「嗯。」

『玩暗棋時，兵會吃將。』

「我知道。」

『所以我覺得這可以算是笑話。』

「大概吧。」她繼續向前走，「你不用自責，笑話不好笑是正常的。」

『我……』

「一起吃個飯吧。」她又停下腳步。

我抬頭一看，已走到學校的自助餐廳，便點點頭。

進了餐廳，她在前我在後，各自拿餐盤選自己的菜。

結帳時，她從書包裡拿出皮夾，我搶著說：『我請妳。』

「不用了。各付各的。」

她付了錢，我也沒堅持。

我們選了位置面對面坐下，她說：「你不像是選孔雀的人。」

『妳怎麼知道我選孔雀？』

「上星期你站起來回答教授問題時，全班都知道了。」

『喔。』我有些不好意思，『那個心理測驗可能不準吧。』

「也許吧。」她拿筷子撥了撥餐盤的菜，「雖然很多人把心理測驗當做
　遊戲，但心理測驗還是有心理學基礎並經過統計分析的。」

『是嗎？』

「相信我，我是學統計的。」

『那妳為什麼選老虎？』

她先是一愣，然後露出恍然大悟的神情，「你果然很注意我。」

我苦笑一下，心裡想：我注意的是坐在妳旁邊，笑容很甜的女孩子。

「我選老虎是因為牠最能保護我，是我可以信賴的動物。」

『嗯。』

「你為什麼選孔雀？」

『呃……』

我一直沒追究我選孔雀的理由，當教授在黑板寫下那五種動物時，
我的腦海裡一一浮現這五種動物的外表和神情，然後便選了孔雀。
但絕不是因為孔雀漂亮而選牠，事實上我認為老虎漂亮多了。
那麼我為什麼要選孔雀呢？
「不用多想了。很多選擇是沒有理由的。」
她看我一直沒回答，便幫我下了結論。

離開餐廳後，她說她的腳踏車還停在教室外面，我便陪她再走回去。
已經是入夜時分，路燈都亮了，但一路上我們幾乎不交談。
校園內沒什麼學生在走動，更彰顯我們之間的沉默。
這種沉默的氣氛，足以令人窒息。
『妳為什麼願意出來見我？』
我說完後，如釋重負，呼出一口長長的氣。

「其實我的同學們都叫我別理你，或是躲起來看你會等到什麼時候。」
『她們……』
「你放心。她們只知道有人寫信給我，但我沒把信給任何人看。」
『嗯。』
「我想你一定很用心寫這封信，而且也鼓起很大的勇氣。」她說，
「如果我不回應或是躲起來測試你的誠意，你的自尊心一定會受創。」
『謝謝妳。』
「不客氣。」她微微一笑，「我認為自尊最重要，絕不允許受到傷害。
　所以那個心理測驗對我而言，是非常準的。」

她牽著腳踏車往前走，並沒有騎上去的意思。我便繼續在後跟著。
剛剛她笑了一下，是我第一次看到她的笑容。

她的笑容不算甜，似乎只是拉開嘴角做出笑的表情，不過笑容很誠懇。
「我們現在可以算是朋友了，以後別太見外。」
她停下腳步，等我跟她並肩後，再繼續走。

「我的宿舍到了。」她說，「那就，再見吧。」
『嗯，再見。』
她騎上腳踏車，車輪大概只滾了三圈，我便聽到煞車聲。她回頭說：
「我有個疑問：我的笑容真的很甜嗎？」
『嗯？』
「你在信上說的。」

『這個嘛……』我不想說謊，但又不能告訴她實情，神情很狼狽。
「同學們都說我很少笑，因此看起來凶凶的。」她又露出笑容，
「如果你覺得我的笑容很甜的話，那我以後盡量多笑了。」
『那……那很好啊。』我有些心虛。

劉瑋亭的背影消失後，我心裡百感交集，轉身慢慢走回去。
雖然她看起來確實有點凶，但相處的感覺還不錯，也覺得她是好人。
可是……可是那封情書的收件人不是她，而是笑容很甜的女孩啊！
一想到這，心裡便有氣，突然精神一振，快步跑了起來。
直接跑回寢室。

我回到寢室，關上門，並且鎖上。榮安衝著我一直傻笑。
我走到還搞不清楚狀況的他面前，先敲了他一記：『她不是她啦！』
「你說什麼？」榮安揉著頭說。
『我喜歡的女孩子不是劉瑋亭！』

「可是我明明聽到有人叫她劉瑋亭啊！」

『你確定你沒聽錯？』

「我本來很有把握沒聽錯，但經你這麼一說，我不確定了。」

『可惡！』我掐著他脖子，『你把我害慘了！』

「等等。」榮安掙脫我的魔爪，「這麼說的話，雖然可能是我聽錯，但還真的有劉瑋亭這個人。」

『那又如何？』

「你不覺得這很神奇嗎？」

『神奇個屁！』

「這樣我算不算是你的愛神邱比特？」

『邱你的頭！』

我又想掐他脖子時，他迅速溜到門邊，打開門跑掉了。

我熄滅所有光亮，躺在床上回想今天跟劉瑋亭相處的點滴。

該不該告訴她實情？如果告訴她實話，她的自尊會不會受傷？

她是那麼為我設想，我如果傷害了她豈不是天理難容？

雖然她很不錯，但我喜歡的人是笑容很甜的女孩啊！

突然想到一句成語：騎虎難下，倒真的滿適合形容我現在的處境。

而且巧合的是，劉瑋亭剛好是選老虎的人。

反覆思考了幾天，只得到一個結論：絕不能告訴劉瑋亭實情。

而且那封情書畢竟寫得很誠懇，所以我也不能跟她見一次面後就裝死。

那麼，就試著跟她交往看看吧。

依我平時的水準，也許她過陣子就不會想理我；

萬一她覺得我不錯，也許……嗯……也許……

總之，順其自然吧。

到了禮拜二的上課時間，雖然緊張依舊，但我還是坐回老位置。
劉瑋亭仍然跟笑容很甜的女孩坐在一塊。
以往我總是專注看著笑容很甜的女孩的背影，現在卻不知道該看誰？
我也無法分辨看誰的時間比較多，因為我幾乎是同時看著兩個人。
下課鐘響了，瞥見她們正收拾東西準備離開，我突然一陣慌張，
左手拿起桌上的書，右手提著書包，頭也不回衝出教室。

我直接跑到教室左邊一百公尺外第三棵樹下，然後喘口氣。
等呼吸回復正常後，看到自己站在這棵敏感的樹下。
正不知所措時，遠遠看到劉瑋亭牽著腳踏車走過來。
「嗨，蔡同學。」她在我面前三步的距離，停下腳步。
『嗨，劉同學。』我覺得我好像是立正站好。
「我們走走吧。」
『是。』
然後她牽著腳踏車，我跟她並肩走著。

「這時候的陽光最好。」
『嗯。』
「對了，你念哪個系？」
『水利系。』
「哦，你是工學院的學生。不過你的文筆很好。」
『妳怎麼知道我的文筆？』
「信呀。」
『喔。』我又差點忘了是她收到我寫的情書，『那是……』

「抄的？」

『很多地方是。』我抓抓頭髮，『眞是不好意思。』

「沒關係。」她笑了笑，「還是可以感受到誠懇。」

『今天讓我請妳吃飯吧。』我說。

「這樣好嗎？」

『反正只是學校的餐廳而已。』

「好吧。」

『謝謝妳。』

「該道謝的人是我吧？」

『不。妳肯讓我請客，我很高興。』

「你眞的不像是選孔雀的人。」

『選孔雀的人會怎樣？』

「我也不知道。但應該不會覺得請客是件快樂的事。」

我們進了餐廳，又面對面坐了下來。

「今天教授出的作業，你應該沒問題吧？」

『作業？』

「是呀。下禮拜得交。」

看來我今天太混了，連教授出了作業都不知道，只好硬著頭皮問她：

『那是一種什麼樣的作業？』

「李宗盛、陳昇、羅大佑之創作行爲比較分析。」

『啊？』我張大嘴巴，『這要怎麼寫？太難了吧。』

「不會呀。我覺得還好。」她似乎胸有成竹。

但我實在不知道該怎麼寫，不禁皺了皺眉頭。

「從他們的性格和背景的差異著手，會比較好寫。」
『謝謝。』我急忙說，『真是大感謝。』

吃完飯，我們往她的宿舍移動，她仍然牽著腳踏車，我在旁跟著。
現在的時間回宿舍太早，可是又不知道該做什麼。
我只好再問她關於作業的事，於是她又跟我點了幾個寫作業的方向。
『妳的功課一定很好。』
「還好，還過得去。」
『我這樣會不會佔去妳念書的時間？』
「不會。」她搖搖頭，「跟你聊天滿輕鬆的。」
可是我壓力很大耶，我心裡這麼想著。

「宿舍的電話不太方便，以後要找我時可以讓人上去叫我。」她說，
「我住四樓426室。」
『好。』
「那……」她拖長尾音，一直拖到我聽不見為止。
『嗯。』我立刻說，『再見。』
「呀？」她有點驚訝，「我不是這個意思。」
『那……』輪到我拖長尾音。
「好吧。下次見。」她說。
『嗯，再見。』我說。

走了兩步，隱隱覺得就這樣告別不太妥當，於是停下腳步回頭說：
『其實我……』
「嗯？」她也停下腳步，準備聆聽。
『我……』但我卻不知道該說什麼話，有點急又有點緊張。

她等了一會，看我始終說不出話來，便向我走近兩步。

「沒關係。」她說，「我跟你一樣，也會緊張。」
『是嗎？』
「嗯。」她點點頭，「我沒有跟異性單獨相處的經驗，因此很緊張。」
『看不出來妳會緊張。』
「別忘了，」她微微一笑，「我是選老虎的人。」
看到她的微笑，我心一鬆，表情不再僵硬。
她又跟我揮揮手說再見後，便轉身走進宿舍。

望著她離去的背影，雖然如釋重負，但不代表跟她在一起是不愉快的。
我只是覺得那封寄錯的情書是一塊很大很大的石頭，擋在我和她之間，
因此我受到阻礙，無法自在隨意地靠近她。
而我也不時分心往後看，因為後面還有個笑容很甜美的女孩。

從此每當上完課後，我會在教室左邊一百公尺外第三棵樹下等她。
「我們走走吧。」
這是她每次看到我時所說的第一句話。
說來奇怪，不管我們在一起多少次，每次一看到她，便覺得陌生。
但只要走了五分鐘的路，我便開始熟悉她。

因此我們通常先是在校園走走，然後吃個飯、聊聊天。
也曾看過三次電影，吃過兩次冰，逛過一次書店。
電影是在學校內看的，不用錢的那種，很符合選孔雀的我的特質。
她是那種越相處越有味道的女孩，因此擋在我們中間的石頭，
隨著相處次數的增加而變得越來越小。

她的笑容變多了，我上課時也漸漸能將視線的焦點集中在她身上。
至於笑容很甜美的女孩，她的笑容對我而言，已經越來越模糊。

我不知道這樣算不算喜歡劉瑋亭？
但即使現在還不算，我相信如果這種相處模式繼續下去的話，
不久後她便會佔據我的生命。
就像順著河水一路蜿蜒往下，總有一天會看到大海。

又到了禮拜二的上課時間，榮安還是在打瞌睡，但我已經很少睡了。
一直注視著劉瑋亭的背影很奇怪，偶爾也得看看教授、看看黑板。
如果實在太無聊，我會在榮安的課本上塗鴉。
下課鐘響了，收拾書包時正好跟轉頭向後的劉瑋亭四目相接，
我笑一笑，然後起身先到教室左邊一百公尺外第三棵樹下等她。
快走到樹下時，隱約聽到有人叫劉瑋亭，我回過頭，但沒看見她。
我不以為意，繼續走到樹下。

劉瑋亭牽著腳踏車走過來，說：「我們走走吧。」
『嗯。』我點點頭。
才走了一分鐘，她便擦擦汗說：「天氣變熱了。」
『是啊，好像已經是夏天了。』
「那我們到那棵大榕樹下乘涼，好不好？」
『好啊。』

到了大榕樹下，她將腳踏車停好，然後坐在樹下，我也跟著坐下。
「這個夏天你就畢業了，有何打算？」她拿出一張面紙，遞給我。
『繼續念研究所。』我接過面紙，擦擦汗。

「很好。」她笑了笑,「要加油。」

『會的。』

我們又聊一會畢業這個話題,突然看見榮安騎著腳踏車飛奔而來。

「我……」他氣喘吁吁,「我終於知道了!」

正納悶他到底知道什麼時,他不等我發問便繼續說:

「剛剛我走出教室又聽到有人叫她流尾停,這次我可以百分之百確定沒有
　聽錯,我馬上跑到教務處。上次只看到統計三的劉瑋亭便沒再往下看,
　原來統計四竟然還有一個人叫柳葦庭!」

他拿出統計四的名條,把柳葦庭這名字圈出,我暗叫不妙,他又說:

「劉瑋亭、柳葦庭,聽起來都像流尾停。所以你喜歡的人是統計四的
　柳葦庭,不是統計三的劉瑋亭,你的情書寄錯人了!」

榮安說完後很得意,又高聲強調一次,「寄──錯──人──了──!」

我苦著一張臉,甚至不敢轉頭看劉瑋亭。

劉瑋亭站起身,走到腳踏車邊,踢掉支架,騎上車,揚長而去。

我移動兩步,嘴裡只說出:『我……』

卻再也說不下去。

榮安看看我,又看看遠去的她,說:「我是不是又闖禍了?」

我沒理他,只是楞楞地看著她越來越淡的背影。

當天晚上,我寫了一封長長的信給劉瑋亭,跟她解釋這一切。

隔天覺得似乎有話沒說完,又寫了一封。

能說的都說了,只能靜靜等待下一次的上課時間。

這幾天我很沉默,連多話的榮安也不敢跟我說話。

終於熬到禮拜二的上課時間，但她竟然沒坐在笑容很甜的女孩身邊。

我心裡有些慌，以為她不來了。

還好四下搜尋後，發現她坐在教室最後一排，靠近出口的位置。

我想她大概是不想讓我看到她的背影吧。

下課後回頭一看，她已經不見蹤影。

接下來連續兩次上課的情形也一樣，一下課她立刻走人，比我還快。

這期間我又寫了兩封信給她，但她始終沒回信。

我只得硬著頭皮到她的宿舍樓下，請人上樓找了她三次。

前兩次得到的回答是：她不在。

第三次拜託的人比較老實，回答：她說她不在。

我繼續保持沉默。

這是最後一次上課了，我也坐在教室最後一排，在她的右側。

下課前五分鐘，我已收拾好所有東西，準備一下課就往外衝。

剛敲完下課鐘，立刻轉頭看她，但她竟然不見。

我大吃一驚，不管教授的話是否已說完，拔腿往外狂奔。

終於在教室左邊一百公尺外第三棵樹旁追上她。

我喊了聲：『劉瑋亭！』

她停下腳踏車，但沒回頭，只問了句：「你確定你叫的人是我？」

『對。』我撫著胸口，試著降溫沸騰的肺，『我在叫妳。』

「有事嗎？」

『對不起。』

「還有呢？」

『眞的很對不起。』

她終於回過頭，只是脖子似乎上緊了螺絲，以致轉動的速度非常緩慢。
然後她淡淡地掃了我一眼，淡得令我懷疑她的眼睛裡是否還有瞳孔？
「如果沒其他事的話，那就再見了。」
她迅速將頭轉回，騎上車走了。

我的雙腳牢牢釘在地上，無法移動，嘴裡也沒出聲。
榮安突然越過我身旁，追著劉瑋亭的背影，大喊：
「請原諒他吧！他不是故意的！」
「是我不好！都是我造成的！」
「聽他說幾句話吧！」
「請妳……」
榮安越跑越遠，聲音越來越小，終於聽不到了。

然後我聽到樹上的蟬聲，這是今年夏天第一次蟬鳴。
我抬頭往上看，只看到茂密的綠，沒發現任何一隻蟬。
夏天結結實實地到了，而我的大學生涯也結束了。

Chapter 2

重逢

孔雀森林

🌱　🌱　🌱　🌱　🌱　🌱

我順利畢業，準備念研究所。
搬離大學部的宿舍，住進研究生的宿舍。
榮安去當兵了，我和一個機械所的研究生住在新的寢室裡。
「我好像看過你。」這是新室友對我說的第一句話。

劉瑋亭應該升上大四，而笑容很甜的柳葦庭則不知下落。
不過我在畢業典禮那天，畢業生遊校園時，曾看過柳葦庭。
她穿著學士服，被一顆水球擊中肩膀，頭髮和衣服都濺濕了。
她卻咯咯地笑著，笑容依然甜美。
然後我眼前一片模糊。
不是因為感傷流淚，而是我在楞楞地望著她的同時，被水球砸中臉。

沒能跟劉瑋亭在一起是件遺憾的事，而且我對她有很深的愧疚感。
我也不知道該如何面對她，只希望時間能沖淡彼此的記憶。
不過這似乎很難，起碼對我而言，很難忘掉她的最後一瞥。
她的最後一瞥雖然很淡，但在我心裡卻雪亮得很。

我大部分的時間都待在研究室，回寢室通常只為了洗澡和睡覺。
新室友似乎也是如此，因此我們碰頭或是交談的機會很少。
一旦碰頭，大概也是閒聊兩句。
他通常會說：「我好像看過你。」
這幾乎已經是他的口頭禪了。

新學期開學後一個多月，有系際盃的球賽，各種球類都有。

學弟找我去打乒乓球，因為我在大學時代曾打過系際盃乒乓球賽。

比賽共分七點，五單二雙，先拿下四點者為勝。

我在比賽當晚穿了件短褲，拿了球拍，從宿舍走到體育館。

第一場對電機，我打第一點，以直落二打贏，我們系上也先拿下四點。

第二場對企管，前三點我們兩勝一負，輪到我打的第四點。

「第四點單打，水利蔡智淵、企管柳葦庭。」

裁判說完這句話後，我嚇了一跳，球拍幾乎脫手。

正懷疑是否聽錯時，我看到柳葦庭拿著球拍走到球桌前。

沒想到再次見到笑容很甜的女孩──柳葦庭，會是在這種場合。

她走到球桌前時，大概除了企管系的學生外，所有人都感到驚訝。

雖然並沒有規定女生不能參賽，但一直以來都是男生在比賽，

突然出現個女生，連裁判的表情也顯得有些錯愕。

她甚至還走到裁判面前看他手裡的名單，再朝我看一眼。

雖然我很納悶，但無暇多想，比賽馬上要開始了。

這是場一面倒的比賽。

我指的不是比賽內容，而是所有人一面倒為她加油，包括我的學弟們。

她雖然打得不錯，但比起一般系際盃比賽球員的水準，還差上一截。

再加上她是個女孩子，因此我只推擋，從不抽球、切球或殺球。

偶爾不小心順手殺個球，學弟便會大喊：「學長！你有沒有人性？」

我只要一得分，全場噓聲四起；但她一得分，全場歡聲雷動。

我連贏兩局，拿下第四點。

比賽結束時，照例雙方要握手表示風度。

當我跟她握手時，她露出笑容。
第一次這麼近的距離看到她的甜美笑容，我想我應該臉紅了。

第五點比賽快開始時，柳葦庭匆匆忙忙跑出體育館，我很失落。
想起那時上課的情景，也想起她的背影、她的甜美笑容；
然後想起那封情書，想起劉瑋亭，想起跟她相處的點點滴滴，
以及她的最後一瞥。
我覺得心裡酸酸的，喉頭也哽住。
突然學弟拍拍我肩膀，興奮地說：「學長，我們贏了，進入八強了！」

雖然進入八強，但我絲毫沒有喜悅的感覺。
八強賽明晚才開始，因此我收拾球拍，準備離開體育館。
「同學，不好意思。能不能請你待會再走？」
有兩個男生擋在我面前，說話很客氣，不像是要找麻煩的人。
『你們是FBI嗎？』我說。
「啊？」
『沒事，我電影看太多了。』我說，『有事嗎？』
「有人拜託我們留住你，他馬上就會趕來了，請你等等。」

差不多只等了兩分鐘，便看到柳葦庭跑過來。
她先朝那兩位男生說了聲謝謝，再跟我說：「對不起，讓你久等。」
我不知道該回什麼話，只是楞楞地看著她，腦子裡一片空白。
「這裡有些吵，我們出去外面說。好嗎？」她笑了笑。
我回過神，乒乓球在球桌上彈跳的乒乒乓乓聲才重新在耳際響起。

走出體育館，她說：「我們人數不夠，我只好來充數。」

『充數？』我說，『不會啊，其實妳打得不錯。』

「哪有贏家誇獎輸家的道理？這樣豈不表示你打得更好？」

『我不是這個意思。』

「我知道。」她笑著說，「你可以開玩笑吧？」

『可以啊。』

「那可以問你問題嗎？」

『當然可以。』

「你在森林裡養了好幾種動物，馬、牛、羊、老虎和孔雀。如果有天
　你必須離開森林，而且只能帶一種動物離開，你會帶哪種動物？」

『孔雀。』我嘆口氣，接著說：『妳應該對我還有印象吧。』

「嗯。」她說，「那時教授只問你為什麼選孔雀。」

『還有別的問題嗎？』

「你真的叫蔡智淵？」

『嗯。』

「我剛剛在裁判手上的名單中看到你的名字，嚇了一跳。」

『為什麼？』

「你是不是曾經……」

『嗯？』

「我換個方式問好了。」她說，「你是不是曾經寫信給女孩子。」

『嗯。』

「而這女孩你並不認識。」

『對。』

「那可是封情書哦。」

『沒錯。』

她從外套的口袋拿出一封信，信外頭寫著：劉瑋亭小姐芳啓。
『這是我寫的。』沒等她發問，我直接回答。
可能是我回答得太突然，她楞了一下，久久沒有接話。
我看她不說話，便問：『這封信怎麼會在妳手上？』

「瑋亭是我學妹，我畢業時她把這封信給我，又說收信人其實是我，
　而寄信人是水利系的蔡智淵。可是我看這封信的署名是……」
『柯子龍。』我打斷她，『那是我的化名。』
「爲什麼要化名呢？」
『因爲……』我想了一會，聳聳肩，『沒什麼。只是個無聊的理由。』
她沒追問無聊的理由是什麼，只是淡淡哦了一聲。

我們都停下腳步，我在等她接下來的問題，她在思索下個問題是什麼。
過了一會，她終於開口問：
「這封信眞的是要寄給我的嗎？」
『是的。』我回答得很乾脆。
「哦。」她應了一聲，又不再說話了。
『如果沒有別的問題，那我走了。』
她張開口想說什麼，但我不等她說話，便轉身離去。

我不否認今晚突然看到柳葦庭心裡是驚喜的，但一連串的問題，
卻令我覺得有些難堪。
尤其她是我喜歡的人，更是情書的眞正收件者，
當她在我面前拿著那封情書時，我感覺自己是赤裸的。

「請你等等！」

走了十多步，她的聲音從背後傳來，我停下腳步。

「對不起。」她跑到我面前，「我沒有咄咄逼人的意思。只是……」

『只是什麼？』

「只是這封信對我是有意義的，所以我想確定一下而已。」

『那妳現在確定了吧。』

「嗯。」她點點頭，「對不起。」

我嘆口氣，說：『沒關係。』

「本來想在比賽後馬上問你，後來覺得不妥，便先跑回去拿這封信。」

她把信拿在手上反轉了兩次，便收進外套的口袋裡，接著說：

「我怕你走掉，便拜託兩個學弟留住你。」

『其實一個就夠了。』

「我怕一個人留不住你。」

『為什麼？』

我看著她，一臉疑惑。

她有些不好意思，迴避我的目光後，說：

「我不認識你呀，也不知道你有沒有暴力傾向。萬一你心裡不高興，
　動手打人……」

她說到這裡突然住口，表情似乎很尷尬。

我楞了一下，過了幾秒後覺得好笑，便露出微笑。

「那……」她有些吞吞吐吐，「我還可以再問你最後一個問題嗎？」

『妳問吧。』

「我明天晚上可以來為你加油嗎？」

我看了看她，沒多久，她的臉上便揚起甜美的笑容。
於是我點了點頭。

🌲　🌲　🌲　🌲　🌲　🌲

八強賽對上土木系，我打第五點。
比賽剛開打，柳葦庭正好趕到，在離球桌十公尺處獨自站著。
輪我上場時，我們前四點是一勝三負；換言之，我若輸水利系就輸了。
我對上一個校隊成員，看他揮拍的姿勢，心裡便涼了半截。
朝柳葦庭看了一眼，她面露笑容，還跟我比個Ｖ字型手勢。

乒乓球比賽不像拳擊比賽，在擂臺打拳時，如果愛人在旁加油吶喊，
你可能會因為腎上腺素大量分泌而擊倒一個比你強的對手。
然後臉頰浮腫鼻子流著血眼角流著淚，與飛奔上台的愛人緊緊擁抱。
但打乒乓球時，技術差一截就沒有獲勝的機會；
即使愛人在旁邊說如果你贏了就脫光衣服讓你看免費也一樣。
所以我連輸兩局，也讓水利系輸掉了八強賽。

學弟在我輸球後，說：「學長，一起去喝個飲料吧。」
我看到柳葦庭正朝我走來，於是說：『我還有事，你們去就好。』
然後跟她一起走出體育館。
背後的學弟一定很驚訝我竟然跟昨晚的比賽對手走在一起。

「校隊打系際盃，很不公平。」一走出體育館，她便開口。
我笑了笑，沒說什麼。
「真的很不公平。」她說。

我看了她一眼，還是沒說話。

「眞的實在是很不公平。」她又說。

『一起去喝個飮料吧。』我終於開口，『好嗎？』

「嗯。」她點點頭。

我們到校門口附近一家冰店吃冰，才剛坐下，發現學弟們也來這裡。

「學長！你太神奇了！只打了一場比賽便約到這麼漂亮的學姐！」

「你不懂啦！也許學長早就認識她了。」

「對啊！搞不好她是學嫂。」

「如果是學嫂，爲什麼昨晚學長還能鎮定地比賽呢？」

「學長大義滅親啊！爲了系上榮譽，不惜在球桌上羞辱學嫂。」

「眞是學弟的榜樣啊！學長你該得諾貝爾大公無私獎。」

五六個學弟湊過來七嘴八舌。

『你們到那邊吃冰。』我指著三四步外的空桌，『我請客。』

「耶！」學弟們哄然散開，興高采烈地走到那張空桌。

學弟一走，場面雖然靜了下來，但我反而不知道要說什麼。

柳葦庭也沒說話。

我吃了第一口冰，覺得場面和身體都很冷，便說：

『確實是不公平。』

柳葦庭愣了一下，然後便笑了起來。

她的笑容眞的很甜美，笑聲也是。

我突然有股衝動，也跟著笑出聲，而且越笑越大聲。

她的笑聲漸緩，說：「你不像是選孔雀的人。」

我緊急煞住笑聲，喉間感受到突然停止發聲的後座力。
「你對學弟還滿慷慨的。」她又說。
我雖然看著柳葦庭，但關於劉瑋亭的記憶卻瞬間湧上來。
勉強笑了笑後，說：『還好而已。』

「你為什麼選孔雀？」她問。
我記得劉瑋亭也問過我這個問題，當時我想了很久；
但現在我一點也不想去思考這個答案。
我聳聳肩，說：『沒想太多，就選了。』

「那你知道我選什麼嗎？」她又問。
『妳選羊。』
「你怎麼知道？」
『我一直注意妳，要不然怎麼會有那封信呢？』
「那……嗯……」她欲言又止，「那……」

我等了一會，看她始終說不出話，便說：
『妳是不是想問：為什麼那封信會寄錯人？』
「嗯。」她點點頭，放輕音量，「可以問嗎？」
『妳當然可以問，不過答不答就在我了。』
「哦。」她的語氣顯得有些失望。
『開玩笑的。』我笑了笑。

我將大四下學期發生的事簡短地告訴柳葦庭。
敘述這段故事必須包括榮安和劉瑋亭，我提到榮安時不免多說兩句；
而提到劉瑋亭時總是蜻蜓點水帶過。

可能是因為這種比重的不均，以致她常插嘴問問題以便窺得故事全貌。
也因此，我還是花了一些時間說完，而我們面前的冰也大半融化為水。

我用湯匙隨意撈起幾處浮在水面的小冰山，放進嘴裡後問：
『你為什麼選羊？』
「因為牠最溫馴，而且可以抱在懷裡，這會讓我覺得很溫暖。」
『羊真是個好答案，早知道我就選羊了。』
「你絕對不會是一個選羊的人。」她說得很篤定。
『為什麼？』

「你發覺情書寄錯後，並沒有立刻告訴瑋亭。對不對？」
『沒錯。』
「如果瑋亭一直不知道實情，你應該永遠也不會告訴她你寄錯了。」
『嗯……』我想了一下，『應該是吧。』
「選羊的人眼裡只有愛情，絕不會勉強自己跟不喜歡的人交往。你怕
　傷了瑋亭，於是選擇將錯就錯，所以你一定不會是選羊的人。」
我看了看柳葦庭，陷入沉思。

「選羊的人視真愛為最重要的，在追求真愛的過程中，常會不得已而
　傷害自己不愛的人。如果沒有傷害人的覺悟，怎能算是選羊的人？」
柳葦庭拿起湯匙在盤子裡攪動，她面前的冰幾乎已完全變成水。
『如果是妳，妳會怎麼做？』我問。
「我一定在第一時間就把實情說出來。」她放下湯匙，把語氣加重，
像是在強調什麼似的，說：「毫不遲疑。」

聽了她的話，我心裡一驚。

孔雀森林

我不喜歡自己是個選孔雀的人，如果可以重選，我希望自己選羊。
我一廂情願地相信，選羊的人——不管男或女，一定是個溫柔的人，
而且會帶給另一半幸福，因為在他們眼裡愛情是最重要的。
但從來沒想過，選羊的人必須要有隨時可能會傷害人的心理準備。

我突然對那個心理測驗產生極大的反感，也不願話題繞著它打轉，
於是說：『不提那個心理測驗了，那是個無聊的遊戲。』
「可是我相信心理測驗有某種程度的象徵意義。」
『是嗎？』
「相信我，」她笑了笑，「我是學統計的。」
我手中的湯匙滑落，撞擊盤子時發出清脆的鏗鏘聲。

我開始沉默，柳葦庭則猶豫是否該把面前已融化的冰吃完。
我覺得氣氛有些尷尬，便問她：『妳現在念企管？』
「嗯。我考上了企管研究所。」她回答。
『好厲害。企管很難考呢。』
「還好啦，幸運而已。」
她放下湯匙，似乎決定放棄面前那盤冰水。

學弟們要離開了，我先起身替他們付帳。
有個學弟還跟她揮揮手，說：「學嫂，再見。」
她笑了笑，也揮了揮手，但沒說什麼。
又坐回她面前時，她將那封情書遞給我。
我很疑惑地看著她。

「這裡已經寫上了我的住址。」她又拿出一張新的信封，笑著說：

「請你把那封信裝進這個信封內，寄給我。」

低頭看了看地址，知道她住在學校附近。

「記得要在收件人欄裡填上我的名字。」她又說。

『就這樣？』我抬頭問。

「當然不止。」

『還要做什麼？』

「還要貼郵票呀！」她笑得很開心。

我將情書和信封收下，她便起身說：「我該走了。」

看她往店內的方向走去，猛然想起剛剛只付學弟的帳，趕緊越過她，

搶先把我們兩個的帳也結了。

「你真的不像是選孔雀的人。」她又笑了笑。

聽到她又提到孔雀，心裡感到不悅，但不好意思當場發作，

只好勉強微笑，神色頗為尷尬。

「如果你仍願意將信寄給我，我會很高興。」走出冰店後，她說：

「如果你不願意，也沒關係。」

我微微一楞，沒有答話。

「我的樣子應該跟你想像中的不一樣吧。」她笑了笑，

「說不定你已經失去寫那封信的理由了。」

我還是沒有答話。

「我們以前上課的時間是星期二，對嗎？」她問。

『嗯。』我點點頭。

「今天剛好是星期二，如果下星期二之前我收到信，我會給你答覆。」

『答覆？』

「你信上說的呀。」
我恍然大悟，她指的應該是：教室左邊一百公尺外第三棵樹下。

『如果我沒寄呢？』
「那我們就各自過自己的生活呀。」
我看了看她，她的神情很輕鬆，笑容也很自然。

「再見。」她說。
『再見。』我也說。

🌲　🌲　🌲　🌲　🌲　🌲　🌲

隔了兩天，才把信寄給柳葦庭。
其實我沒猶豫，只是找不到郵票又懶得出門買，便多拖了一天。

那天晚上回宿舍時，我又把情書看了一遍。
很奇怪，當初寫這封情書時，腦子裡都是笑容很甜的柳葦庭；
但在閱讀的過程中，關於劉瑋亭的記憶卻不斷湧現。
甚至覺得這封信如果是為了劉瑋亭而寫，好像也很符合。
只不過笑容很甜這個形容可能要改掉。

看著信封上的「劉瑋亭小姐芳啓」，發呆了許久。
信封是嬌小的西式信封，正面有幾朵花的浮水印，
背面則畫上一個十歲左右的小女孩，女孩的表情是凝視而不是微笑。
當初不想用標準信封來裝情書是因為覺得怪，好像穿軍服唱情歌一樣。
但柳葦庭給我的是標準信封。

我嘆口氣，在標準信封的收件人欄裡寫上：柳葦庭小姐啓。

然後將嬌小的劉瑋亭裝進標準的柳葦庭裡。

黏上封口後，才想到應該只將信紙放進即可，不必包括這個小信封。

但黏了就黏了，再拆會留下痕跡，反而不妥。

我特地到上次寄這封信的郵筒，把信投進去，聽到咚一聲。

回頭看郵筒一眼，有股奇怪的感覺，好像這封信很沉重。

一直到星期二來臨之前，晚上睡覺時都沒有作夢。

與第一次寄這封信時相比，不僅夢沒了，連緊張和期待的感覺也消失。

新的星期二終於來到，我算好當初下課的時間，

到教室左邊一百公尺外第三棵樹下等柳葦庭。

已經是秋末了，再也聽不見蟬聲。

遠遠看到有個女孩從教室走向我，我開始覺得激動。

彷彿回到當初等劉瑋亭的時光，甚至可以聽到她說：「我們走走吧。」

然後我的視線變得越來越模糊。

擦了擦眼角，當視線逐漸清晰後，看到了柳葦庭。

我竟然感到一絲失望。

「你就是寫信給我的柯子龍？」

『是的。』

「你從什麼時候開始注意我？」

『開學後的第二個禮拜。』

「我的笑容真的很甜嗎？」

『嗯。』

孔雀森林

「那我不笑的時候呢？」
『呃……』我想了一下，『不笑的時候眼睛很大。』

柳葦庭楞了一下，表情看起來似乎正在決定該笑還是不該笑？
最後她決定笑了。
「有沒有可能又笑眼睛又大呢？」她邊笑邊問，並試著睜大眼睛。
『這很難。』我搖搖頭，『除非是皮笑肉不笑。』
她終於放棄邊笑邊把眼睛睜得又圓又大，盡情地笑了起來。

她笑起來眼睛微瞇，彎成新月狀，這才是我所認為的甜美笑容。
以前一起上課時，這種笑容總能輕易把我的心神勾到很遠很遠的地方。
雖然認識劉瑋亭之後，我對這種笑容的抵抗力逐漸增加；
但現在劉瑋亭已經走了，便不再需要抵抗的理由。

望著她的笑容，我有些失神，直到她喂了一聲，才回過神聽見她說：
「我們到安平的海邊看夕陽好嗎？」
我點點頭。

我騎機車載著她，一路上都沒有交談，即使停下車等紅燈也是。
第一次約會（如果算的話）便看太陽下山，實在不是好兆頭。
然後我又想起劉瑋亭。
以前跟劉瑋亭在一起時，得先經過五分鐘熱機後，才會感到熟悉；
而跟柳葦庭相處時，卻沒有覺得陌生的尷尬階段。

當海風越來越鹹時，我發現太陽已快沉沒入大海裡，趕緊加快油門。
「夕陽呀！」才剛停好車，她便一躍而下，往沙灘奔跑，「等等我！」

我往前一看，太陽已經不見了。

「眞可惜。」她回頭說。

我看她的表情很失望，便說：『對不起。』

「又不是你的錯。」她笑了笑，「幹嘛道歉呢？」

柳葦庭蹲下身除去鞋襪、捲起褲管，赤著腳走在沙灘上。

我猶豫了兩秒，也除去鞋襪，跟上她，一起在沙灘上赤足行走。

在海水來去之間，沙灘呈現深淺兩種顏色，我們走在顏色最深的部分。

沙子又黑又軟，輕輕一踏腳掌便深陷。

「你知道嗎？」我們並肩走了十多步後，她說：「我從未收過情書。」

『很難想像。我以爲妳應該常收到情書。』

「有被搭訕或收到紙條的經驗，但由完全陌生的人寄來的情書……」

她沿直線走動，任由上溯的海浪拍打腳踝和小腿，「確實沒收過。」

『現在寫情書的人少了，收到情書的人自然也少。』我說。

「大概是吧。」她說。

我們開始沉默，只有海浪來回拍打沙灘的聲音。

海浪大約只需要五次來回，便足以把我們的足跡完全抹平。

她停下腳步，回頭看看已經消失的腳印，然後往岸上走，

直到海浪再也搆不著的地方，便坐了下來。

我跟了上去，也坐了下來。

「寫情書或收到情書，都是一件浪漫的事。」她說。

『喔。』我應了一聲。

「你可能不以爲然吧。」她笑著說，「我覺得浪漫很重要哦。」

『妳認為的浪漫是？』
「在雪地裡跑步、丟雪球；或是在沙灘上散步、看夕陽，都很浪漫。」
『照這麼說，在非洲不靠海的地方，不就沒辦法浪漫了？』
「說得也是。」
她凝視大海，似乎陷入沉思。

我見她遲遲沒反應，便說：『我開玩笑的，妳應該知道吧？』
「你是開玩笑的嗎？」她轉頭看著我，「我很認真在為他們擔憂呢。」
『他們？』
「住在非洲不靠海地方的人呀。」
『有什麼好擔憂的。』
「他們的浪漫是什麼？」她說，「如果少了浪漫，人生會很無趣的。」
『也許他們的浪漫，就是騎在駝鳥上看獅子吃斑馬。』
「呀？」她有些驚訝，「這怎麼能叫浪漫呢？」
『浪漫是因地而異的，搞不好他們覺得坐在沙灘看夕陽叫莫名其妙。』

她又沒有反應了，隔了許久才說：「你一定是開玩笑的。」
『對。』我說。
她終於笑了起來。
天色已經灰暗，她的臉龐有些模糊，只有眼睛在閃亮著。

「謝謝你。」停止笑聲後，她說。
『為什麼道謝？』
「謝謝你寫情書給我。」
『喔？』
「因為我們在台灣，所以你寫情書給我，是種浪漫。」

『該道謝的人是我，謝謝妳沒拒絕我。』

「我無法拒絕浪漫呀。」

這次輪到我陷入沉思，不說話了。

不知道過了多久，大約海浪來回拍打30次的時間，她看了看錶，說：

「我晚上七點有家教。」

我也看了看錶，發現只剩20分鐘，便站起身說：『走吧。』

我們摸黑快步走回去，用海水洗淨小腿和腳掌上的沙，然後穿上鞋襪。

我問清楚地點後，便加速狂飆。

這次不再有太陽已經下山的遺憾，我準時將她送達。

『妳幾點下課？』她下車後，我問。

「九點。」她回答。

『那我九點來載妳。』

我揮揮手準備離去時，她突然跑過來輕輕抓住機車的把手，說：

「如果我們在非洲，你會帶我騎著鴕鳥去看獅子吃斑馬嗎？」

『應該會吧。』我回答。

她又笑了起來。

昏黃的街燈下，她的眼睛仍然顯得明亮。

🌳　🌳　🌳　🌳　🌳　🌳　🌳

那次之後，我又載柳葦庭到安平四次。

第一次機車的前輪破了，第二次火星塞點不著火；

第三次賭氣換了輛機車，但騎到一半天空突然下雨；

孔雀森林

第四次終於到了沙灘，不過夕陽卻躲在雲層裡，死都不肯出來。
總之，四次都沒看到夕陽。

最後一次鎩羽而歸後，我覺得很不好意思，便說：『我請妳吃飯。』
「如果看到夕陽，你是不是就不會請吃飯？」
『不。』我搖搖頭，『我還是會請妳吃飯。』
「真的嗎？」柳葦庭睜大眼睛，似乎難以置信。
『當然。』我點點頭。

「你真的不像是選孔雀的人。」她又說。
雖然不喜歡她老提我選孔雀的事，但我已習慣別人對孔雀的刻板印象。
『大概我是變種的孔雀吧。』
我聳聳肩，開始學會自嘲。

我讓她選餐廳，她選了一家裝潢具有歐洲風味的餐廳。
點完菜後，她說：「對了，我一直想問你：為什麼化名為柯子龍？」
我的心迅速抽動一下，為了不讓自己又想起劉瑋亭，趕緊回答：
『我高中時用子龍這個名字投過笑話，有被錄取。』
「是什麼樣的笑話？」她雙手支起下巴，很專注的樣子。
『妳真的想聽？』
「嗯。」

『小明心情很差，小華就告訴他：沒什麼好擔心的，反正兵來將擋。
　小明卻說：可是"兵"不是能吃"將"嗎？』
我一口氣說完，然後拿起杯子喝口水，說：『就這樣。』
她的表情似乎是驚訝於笑話的簡短，但隨即眉頭一鬆，笑了起來。

她的笑聲持續了一陣子，我被她感染，也露齒微笑。

可能是我的笑容也感染了她，或是那個笑話確實好笑，
因此她並沒有停止笑聲的跡象。
我見她笑個不停，索性也繼續笑，而且笑得有些放肆，
直到瞥見隔壁桌的客人正盯著我瞧。
『說真的。』我立刻停止笑聲，『這個笑話真的好笑嗎？』
「說真的。」她也收起笑容，「真的好笑。」

雖然投稿笑話沒什麼了不起，但她笑成這樣還是讓我有很大的成就感。
想當初講這個笑話給劉瑋亭聽時，她的反應令我頗為尷尬。
我心裡不禁又開始比較柳葦庭和劉瑋亭，她們兩個確實大不相同。
劉瑋亭很少露出笑容，如果她笑，通常只表示一種禮貌或善意；
而柳葦庭的笑容很單純，就是開心而已。

我知道不應該在與柳葦庭相處時想起劉瑋亭，但這似乎很難。
即使刻意提醒自己也做不到，因為我對這兩個人的記憶是綁在一起的。
當我知道柳葦庭喜歡浪漫、收到情書的反應竟然只是單純的高興時，
曾經悔恨將情書錯寄給劉瑋亭，甚至埋怨她。
但隨即想起劉瑋亭的好與善良，以及她的最後一瞥，
便覺得自己有這樣的情緒是非常殘忍的。

因為劉瑋亭，所以我不能坦然面對柳葦庭；
也失去了我竟然能如此輕易地靠近柳葦庭的驚喜心情。
如果沒有劉瑋亭，如果當初榮安查到的名字是柳葦庭，
這該是多麼幸福美滿的事啊。

光幻想一下就覺得浪漫到全身起雞皮疙瘩。

畢竟我是喜歡柳葦庭的啊，是那種接近暗戀性質的喜歡。
從第一眼看見她開始，她的倩影與笑容一直深植在我心裡。
我無法具體形容喜歡的女孩子的樣子，但當柳葦庭出現，
我覺得她彷彿正是從我夢裡走出來的女孩子。
雖然對她一無所悉，但只要她不是太奇怪、太難相處的女孩，
要我更進一步喜歡她，甚至愛上她，那簡直是輕而易舉的事。

而眼前的柳葦庭並不奇怪，也很好相處，個性似乎也不錯，
我應該早已陷入對她的愛情漩渦中才對。
但只因我常回頭看到劉瑋亭的眼神，便被一股巨大的力量拉出漩渦。
如今被柳葦庭的笑聲感染，我很盡情地用力笑，想用笑聲震碎石頭，
那塊由寄錯的情書、對劉瑋亭的愧疚、她的最後一瞥所組成的石頭。
我似乎是成功了。
因為我終於能感受到跟柳葦庭相處時的喜悅。

「說真的。」柳葦庭說，「你在想什麼？」
我回過神，接觸她的甜美笑容，腦海裡劉瑋亭的空洞眼神逐漸模糊。
『說真的。』我說，『我已經想通了。』
「嗯？」她很疑惑，「說真的，我不懂。」
『說真的。』我說，『我也無法解釋。』
她楞了一下，也沒繼續追問，便又笑了起來。

吃完飯離開餐廳後，我們信步走著，彼此都沒開口。
冬天已經輕輕來臨，天氣有些冷。

『說真的。』我發覺走入一條死巷，便停下腳步，『我們要去哪裡？』

「說真的。」她也停下腳步，「我也不知道。」

『不是妳在帶路嗎？』

「我是跟著你走耶。」

我們互望了幾秒鐘，終於忍不住笑了起來。

她在學校附近租房子，離餐廳很近，我說要送她回家，她說好。

到了她家樓下，我說：

『我們班每星期二下午都會打壘球，要不要一起來玩？』

「方便嗎？」她說，「我是女生耶。」

『沒關係，我們打的是慢壘。有時慢壘會需要一個女孩子一起玩。』

「這麼說的話，我又是去充數的囉。」

『不，不是充數。』我趕緊否認，『只是想邀妳一起來打球而已。』

她先笑了兩聲，然後說：「好，我去。」

上樓前，她回頭說：「說真的，這頓飯很貴。」

『說真的，確實不便宜。』我笑著說，『不過很值得。』

「你真的……」

『不像是選孔雀的人。』她話還沒說完，我便把剩下的句子接上。

她笑了笑，揮揮手後便上樓了。

從此每星期二下午，柳葦庭會跟我們一起打壘球。

我們讓她當投手，每當她把球高高拋出時，臉上便會露出燦爛的笑容。

由於她個性很開朗而且親切，沒多久便跟我班上的同學混得很熟。

打完球後會一起去吃飯，她也會去，我們並不把她當外人。

記得她第一次來打球時，班上有個同學偷偷問我：
「她是你的女朋友嗎？」
我搖搖頭，『不是。』
隨著大家越來越熟，問我的人越來越多。
「她是你的女朋友嗎？」
我猶豫了一下，又搖搖頭，『還不算是。』
但我猶豫的時間卻越來越長。

我偶爾會打電話給柳葦庭，約她出來吃個飯或看場電影。
她從未拒絕過我，除非她真的有事。
她也常到我研究室，打打電腦，跟其他人聊聊天。
雖然我還是否認我跟她是男女朋友的關係，
但班上的同學幾乎都把我們視為一對。

有天晚上我接到她的電話，才剛說幾句，她便問我是不是感冒了？
『可能吧。』我說，『昨天騎車時，狠狠地淋了一場雨。』
「怎麼不穿雨衣呢？」
『雨衣不見了。』
「那為什麼不躲雨呢？」
『趕著上課，沒辦法。』
她沒再多說什麼，只叫我要保重，便掛上電話。

隔天一進研究室，發現桌上有一件新的雨衣和一包藥。
雨衣上面放了張紙條，上面寫著：
「雨衣給你。感冒藥要吃。記得多休息多喝水。葦庭。」
看著紙條上的葦庭，有種觸電的感覺。

我知道這就是所謂的臨門一腳,它讓我內心的某部分瞬間被填滿。

紙條上的葦庭就只是柳葦庭,我可以藉由文字清晰勾勒出她的模樣;
但如果我在心裡唸著柳葦庭這名字,便會不小心也把劉瑋亭叫出來。
因為柳葦庭與劉瑋亭的發音實在太接近了。
如今我終於有單獨跟柳葦庭相處的機會,也有了只關於她的記憶。

吃完感冒藥後兩天,又到了打壘球的日子。
柳葦庭打了支安打,所有人都為她歡呼鼓掌。
「說真的。」又有個同學挨近我問,「她真的不是你的女朋友嗎?」
『不。』我毫不猶豫,『她是。』

我拾起球棒,走進打擊區。
葦庭站在一壘上對著我笑,並大喊:「加油!」
瞄準來球,振臂一揮,在清脆的鏘聲後,白球在空中畫出一道弧線。

我甩掉球棒,朝一壘狂奔,緊緊追逐我的女友——葦庭的背影。

Chapter 3

Yum

孔雀森林

🌱　🌱　🌱　🌱　🌱　🌱

升上研二，開始感受到寫論文的壓力。
但我跟葦庭的相處，絲毫不受影響，每週二的壘球也照打。
我們在同一間學校念書，又都住在學校附近，相聚是再自然不過的事。
反而是彼此之間如果碰到要趕報告之類的事，才會刻意選擇獨處。

我知道葦庭喜歡浪漫，因此盡可能以我所認知的浪漫方式對待她。
不過只要我意識到正在做一件「浪漫」的事，便會出狀況。
比方說，我將一朵玫瑰藏進袖子裡，打算突然變出來給她一個驚喜時，
花卻壓爛了，而我的手肘也被玫瑰的刺劃傷。
共撐一把傘漫步雨中，但風太大以致雨傘開了花，反而淋了一身狼狽。
冬夜在山上看星星時，我脫掉外套，跟她一人各穿起一條袖子避寒，
但外套太小，我們擠得透不過氣，想脫掉時卻把外套撐破。

我買了一個冰淇淋蛋糕幫她慶生，但冰箱強度不夠，蛋糕都化了。
蛋糕上用奶油寫成的可愛的葦庭，愛字已模糊，看起來像可憐的葦庭。
情人節當晚我帶她去一家看起來很高級的餐廳吃飯，服務生說：
「我們客滿了。請問有訂位嗎？」
『還要訂位嗎？』我說。
服務生的表情變得非常奇怪，臉上好像冒出三條斜線。
他應該是很驚訝我竟然連「情人節要訂位」這種基本常識都沒有。

雖然葦庭總是以笑容化解我的尷尬，但我還是會有做錯事的感覺。
「沒關係，你畢竟是選孔雀的人。」她總是這麼說。
我越想擺脫選孔雀的形象，這種形象卻在她心裡越加根深蒂固。

我不曾吻她，頂多只是很自然地牽起她的手，或是輕輕擁抱她。

不是我不想，而是我覺得那幾乎是一種褻瀆。

就像我如果走進旅館的房間，看到鋪得平整又洗得潔白的床單時，

便會覺得躺上去把這張床弄皺是一種褻瀆。

我有病，這我知道，而且病得不輕。

所以每當看見她的漂亮臉蛋揚起甜美笑容時，我便不敢造次。

倒是有次打壘球時，準備接高飛球卻被刺眼的陽光干擾，球打中額頭。

所有人都笑我笨，只有她撫摸著我的額頭，輕輕吹了幾口氣後，

趁大家不注意時親了一下。

從此我開始矛盾，既捨不得她被球打中，又希望她也被球打中，

這樣我便能親她一下。

我常會幻想我跟葦庭的未來，幻想跟她以後共同生活的日子。

彷彿可以聽到我在禮堂內對著穿白紗的她說出：我願意；

也彷彿可以看到她在廚房切菜時回頭看著我的笑臉。

也許會生幾個小孩，看著小孩一點點長大，終於會開口叫我們爸媽。

不過我不敢吻她又該怎麼生小孩呢？

沒關係，這是技術性問題，我一定會克服的。

葦庭曾問我：夢想中的生活是什麼樣子？

『每天都可以看到妳的甜美笑容。』我說，『這就是我的夢』。

「才不是呢。」她笑了笑，「你是選孔雀的人，不可能會這麼浪漫。」

『我是說真的。』

「是嗎？」她一臉狐疑，「如果你現在做一件浪漫的事，我就相信。」

我絞盡腦汁想了很久,想到的事都與浪漫沾不上邊,只好說:
『我們現在往西走,途中碰到的第一家電影院,就進去看電影。』

「可是你待會還有課,不是嗎?」
『不管了。』
「你要蹺課?」葦庭睜大了眼睛。
我點點頭,然後問:『這樣算浪漫嗎?』
「嗯。」她笑了笑,「就算吧。」

我載著葦庭一路往西,十五分鐘後經過電影院,立刻停下車。
牽著她的手走進電影院,發現上映的是恐怖片。
片名叫:我的愛人是隻鬼。

我相信葦庭一定不會認為看恐怖片是件浪漫的事,
所以我不知道她是否相信我的夢就是每天都可以看到她的甜美笑容?
但對我而言,那確實是我的夢想,它是否浪漫並不重要。

葦庭是個好女孩,我深深覺得能跟她在一起是老天的眷顧。
因此我很珍惜她,想盡辦法讓她臉上時時洋溢著甜美的笑容。
她是個很容易因為一些小事情而開心的人,取悅她並不難。
葦庭的脾氣也很好,即使我遲到20分鐘,她也只是笑著敲敲我的頭。
我只看過一次她生氣的表情,只有一次。

那是夏天剛來臨的時候。
我停在路口等紅燈,眼睛四處閒晃時,突然看見一個熟悉的身影。
雖然她距離我應該至少還有30公尺,但我很確定,她是劉瑋亭。

畢竟我太習慣看著她從遠處走近我的身影。

我心跳加速，全身的肌膚瞬間感到緊張。
她越來越靠近，只剩下約10公尺時，我又看到她的眼神。
她的眼神依然空洞，彷彿再多的東西都填不滿。
不知道是因為心虛、害怕，還是不忍，我立刻低下頭不去看她。
再抬起頭時，只能看見她的背影。
望著她越走越遠，而跟她在一起時的往事卻越來越清晰。
直到後面的車子猛按喇叭，我才驚醒，趕緊離開那個路口。

『妳知道……』我一看見葦庭便吞吞吐吐，最後鼓起勇氣問：
『劉瑋亭現在在哪裡嗎？』
「嗯？」她似乎聽不太懂。
『妳的學妹，劉瑋亭。』
「哦。」葦庭應了一聲，淡淡地說：「去年她考上台大的研究所。」

『可是我剛剛好像看見她了。』
「那很好呀。」
『如果她考上台大，人應該在台北，我怎麼會在台南遇見她呢？』
「我怎麼知道。」
『這實在是太奇怪了。』
「這需要大驚小怪嗎？」葦庭說，「即使她考上台大研究所，她還是可以
　出現在大學母校附近吧。就像你是成大的學生，難道就不能出現在台北
　街頭嗎？」

我聽出葦庭的語氣不善，趕緊說了聲對不起。

她沒反應，過了一會才說：「為什麼你這麼關心她？」

『不。』我趕緊搖手否認，『只是想知道她過得好不好而已。』

「我很久沒有她的消息了。」葦庭嘆口氣說：「她應該過得還好吧。」

『希望如此。』我也嘆口氣。

葦庭看了我一眼，就不再說話了。

從那天以後，我知道在葦庭面前提起劉瑋亭是大忌；

但也從那天以後，我又常常想起劉瑋亭的眼神。

畢業時節又來到，這次我和葦庭即將從研究所畢業。

葦庭畢業後要到台北工作，而我則決定要留在台南繼續念博士班。

搬離研究生宿舍前，刻意跟機械系室友聊聊。

平常沒什麼機會聊天，彼此幾乎都是以研究室為家的人。

我想同住一間寢室兩年，也算有緣。

「我突然想到一個心理測驗，想問問你。」他笑著說，

「你在森林裡養了好幾種動物，馬、牛、羊、老虎和孔雀。如果有天

　你必須離開森林，而且只能帶一種動物離開，你會帶哪種動物？」

『孔雀。』我回答。

他瞪大眼睛，上上下下打量我後，恍然大悟說：

「你就是那個選孔雀的人！」

『喔？』

「我們一起上過課，性格心理學。」他說，「難怪我老覺得看過你。」

我笑了笑，也覺得恍然大悟。

『你選什麼？』我問。

「我選牛。」他說，「只有牛能確保我離開森林後，還能自耕自足。」

『你確實像選牛的人。』我笑了笑，又問：『那你畢業後有何打算？』

「到竹科當工程師。」他回答。

『然後呢？』

「還沒仔細想過，只知道要努力工作，讓自己越爬越高。你呢？」

『念博士班。』我說。

他似乎很驚訝，楞了半天後終於下了結論：

「你真的不像是選孔雀的人。」

連他都這麼說，我驚訝得說不出話來。

✤ ✤ ✤ ✤ ✤ ✤ ✤

我在學校附近租了間房子。

由建築的樣式和材料看來，應該是四十年左右的老房子。

這房子在很深的巷弄裡，有兩層樓，佔地並不大。

樓下有間套房，還有客廳和廚房；樓上也有個房間，房間外有個浴室。

房子周圍有大約一米五高的圍牆，圍成的小院子內種了些花草。

這房子最大的特點，就是樓梯並不在室內，而是在院子旁圍牆邊。

樓梯是混凝土做的，表面沒做任何處理，保留了粗獷的味道。

經過長年風吹日曬雨淋，顯得斑駁而破舊，有些角落還長了一點青苔。

屋主把樓下的房間稍微清理一下，然後把所有雜物堆在樓上的房間。

因此他雖然把整個房子租給我，但只算我樓下房間的房租。

房租便宜得很，我覺得很幸運；唯一的缺點是樓上看起來有些陰森。

不過這沒關係，我考慮把它借給電影公司當作拍恐怖片時的場景。

葦庭在我搬進這裡後的第三天，離開台南，到台北工作。

她走後的一個星期裡，我完全不知道該如何過日子。

不知道該吃什麼、不知道該做什麼、不知道該怎麼入睡；

更不知道該如何不想起她。

相聚的時間突然變得珍貴，我開始後悔不夠珍惜以前的每次相聚。

我空閒的時間比較彈性，星期三或星期四都有可能；

但她空閒的時間一定是假日，而且假日不一定空閒。

剛開始分離時，我大約每兩個星期上台北找她。

我們會一起吃個飯、逛逛街、看場電影、出去走走。

後來這種時間間距慢慢拉長，變成一個月，甚至更久。

如果你每天看著一棵樹，即使連續看了一年，可能也看不見樹的變化。

但如果你每10天或是每個月才看一次樹，你可能會發覺：

樹幹粗了、樹枝長了或彎了、葉子多了而且顏色變深了。

我每次看見葦庭時，都有這種感覺。

甚至有時候，我會覺得這棵樹已經變得陌生。

有次我到台北找她，那天下著雨，打算出去走走的念頭只好作罷。

我們在一家義大利麵餐廳吃飯，餐廳內幾乎不亮燈只在餐桌上點蠟燭。

葦庭一定會認為很浪漫，但我覺得點那麼多蠟燭只會讓空氣變糟而已。

微弱的火光中，她顯得嬌豔，有一種我以前從沒看過的美。

離開餐廳後，我撐起她的傘，她的傘有些小，於是我們靠得很緊。

我很訝異她似乎變高了，低頭一看，才發現她踩了雙高跟鞋。

可能是她穿高跟鞋的關係，我已經不容易掌握她走路的速度，

只得快一陣慢一陣地走，配合她的步伐。

以前在台南時，別說是步伐了，我們甚至連呼吸的頻率都相當一致。

我們沒有明確的目標，只是在巷弄間隨處走走。

記得第一次跟她吃飯時，飯後也是這般漫無目的亂走。

『說真的。』我想起那時的對白，便停下腳步說：『我們要去哪裡？』

葦庭停下腳步轉頭看著我，似乎也憶起當時的情景。

「說真的。」她笑著說，「我也不知道。」

我也笑了起來。

在那短暫的一分鐘內，我們同時回到過去。

「我們要去哪裡？」葦庭說，「我不知道。」

『嗯？』

「我們要去哪裡？」她又說，「我不知道。」

正想問她為什麼重複兩次自問自答時，她卻怔怔地流下淚來。

我右手把傘撐高，左手環抱著她，輕拍她的肩膀。

「你該走了。」

她停止哭泣，輕輕推開我，然後用手擦了擦臉頰，勉強擠出笑容。

上了計程車，隔著緊閉的車窗跟她揮揮手。

車子動了，她也往前走，那是她回去的方向。

車子在雨中的車陣走走停停，有時甚至比她走路的速度還慢。

我望著窗外，有一種說不出的孤單。
然後又看見葦庭。

她並沒有看見我，只是往前走。
而我隨著車速忽快忽慢，有時看到她的正面，有時看到背影。
車子停在一個路口，紅燈上的數字為88，雨突然變大了。
車窗越來越模糊，葦庭的背影也越來越遠，最後她轉了彎。
綠燈亮起後，她的背影已消失不見。

「是女朋友吧？」司機問。
『嗯。』我回答。
「很快就會再見面的。」他說。
『謝謝。』我擠了個微笑。
然後我閉上眼睛，回憶腦海裡所殘留的她的背影。
她的背影看來有些陌生，我不由得感到一陣驚慌。

不知道從什麼時候開始，跟她在一起時的甜蜜感覺漸漸減少。
或許甜蜜的感覺並未消失，只是離別時感傷的力道實在太強，
以致在每次跟她相聚於台北的記憶中，感傷佔據了大部分。
就以在義大利麵餐廳吃飯那次來說，我不記得店名、店的位置；
也不記得叫了什麼麵以及麵的味道；聊的話題和氣氛只依稀記得一點；
但我卻清晰地記得，被雨水弄花了的車窗外，她踽踽獨行的背影。
像加了太多水的水彩顏料，她的背影淡淡地往身體四周暈開。

見面既然已經不容易，我們只好勤打電話；
但在沒有手機的年代，打電話找到人的機率不到一半。

而且這機率越來越低，因為我們的生活作息逐漸有了差異。
我仍然過著接近日夜顛倒的研究生生活，而她每天卻得早起。

如果我們分離的距離夠遠，像台灣和美國那樣遠，
我們便不必天天打越洋國際電話。
這時偶爾收到的信件或是接到的電話，都會是一種驚喜。
可是我們分離的距離只是台北和台南，不僅天天會想打電話，
更會覺得沒有天天打電話是奇怪的，而且也不像感情深厚的情侶。

可惜我們在電話中很少有共同的話題，只能分別談彼此。
我不懂她所面臨的壓力，只能試著體會；她對我也是如此。
當我們其中一個覺得快樂時，另一個未必能感受到快樂；
但只要任何一方心情低落，另一方便完全被感染，而且會再傳染回去。
換句話說，我們之間的快樂傳染力變弱了，
而難過的傳染力卻比以前強得多。

我常想在電話中多說些什麼，但電話費實在貴得沒天良，讓我頗感壓力。
每天的生活並沒有太多新鮮的事，因此累不累、想不想我之類的話，
便成為電話中的逗號、分號、句號、問號、驚嘆號和句尾的語助詞。
日子久了，甚至隱約覺得打電話是種例行公事。

我想妳、我很想妳、我非常想妳、我無時無刻不想妳……
這些已經是我每次跟她講電話時必說的話。
雖然我確實很想她，但每次都說卻讓我覺得想念好像是不值錢的東西。
葦庭大概也這麼認為，所以當她聽多了，便覺得麻木。

「可以再說些好聽的話嗎？」葦庭總會在電話那端這麼說。
剛開始我會很努力說些浪漫的話，我知道這就是她想聽的。
或許因爲分隔兩地，所以她需要更多的浪漫養分來維持愛情生命。
可是，說浪漫的話是條不歸路，只能持續往前而且要不斷推陳出新。
漸漸地，我感受到壓力。
因爲我並不是容易想出或是說出浪漫的話的那種人。

葦庭對我很重要，當我對她說出：妳是我生命中永遠的太陽時，
雖然有部分原因是想讓她開心，但我心裡確實也是這麼想的。
可是我無法在她迫切需要浪漫的養分時，立即灌溉給她；
更無法隨時隨地從心裡掏出各種不同的浪漫給她。
我需要思考、醞釀，也需要視當時的心情。

而且很多浪漫的話，比方說我願爲妳摘下天上的星星，
這種話對我而言不是浪漫，而是謊言。
我無法很自在隨意若無其事理直氣壯地說出這種話。
會勉強說出口的原因，只是想讓她知道她對我有多重要而已。
「你好像在敷衍我。」
當葦庭開始說出這種話時，我便陷入氣餒和沮喪的困境中。

葦庭紮紮實實地住在我心裡，這點我從不懷疑。
我只是無法用語言或文字，具體地形容這種內心被她充滿的感覺。
具體都已經很難做到，更何況浪漫呢？

「爲什麼你是選孔雀的人，而不是選羊的人呢？」
當她第一次說出這句話時，我覺得對她很抱歉；

但當她幾乎把這句話當口頭禪時，我開始感到生氣。
因為怕生氣時會說錯話，所以我通常選擇沉默；
而我沉默時，她也不想說話。
於是電話中只聽得見彼此的呼吸聲。

如果在這種詭異的氣氛中結束通話，不僅白白浪費掉電話費，
更會讓心情變得一團糟。
雖然在下次的電話中，彼此都會道個歉，但總覺得這種道歉徒具形式。
漸漸地，連道歉也省了，就當沒事發生。
這很像看到路上的窟窿，跨過去就沒事了，仍然能繼續向前走。
可是窟窿越來越多也越來越大，往前走越來越難，甚至根本無法跨過。

「你做過最浪漫的事，就是寫情書給我，但卻只有一封。」
『對不起。』我說，『我並不擅長寫信。』
「你不是不擅長，只是懶得寫。」葦庭說，「你一定知道女孩子喜歡
　浪漫，所以才會寫那封情書來追女孩子。」
『我寫情書不是為了耍浪漫，而是因為那是唯一能接近妳的方法。』
「你才不是為了要接近我，你是想接近我的學妹——劉瑋亭。」
『妳不要胡說八道！』我感覺被激怒了。

「不然你為什麼把那封信寄給我時，還保留寫著劉瑋亭的信封呢？」
『我不是故意的，那是……那是……』
我一時口吃，不知道該說什麼理由。
「說不出理由了吧？」她說，「你那時候心裡一定只想著瑋亭學妹。」
『那已經是過去的事了。』我嘆口氣說。

「如果你現在還喜歡她，又怎能叫『過去』？」
我心頭一驚，完全說不出話來。

「你畢竟是選孔雀的人，」她嘆口氣，「愛情對你而言根本不重要。」
聽到她又提到孔雀，我腦子裡控制脾氣的閘門突然被打開。
『妳說夠了沒？可不可以忘了那個無聊的心理測驗？』
葦庭聽出我的語氣不善，便不再說了。
我們陷入長長的沉默中。

「再見。」
葦庭打破沉默後，立刻掛上電話。
我楞了幾秒後，狠狠摔掉電話。
連續兩天，我完全不想打電話給葦庭，電話聲也沒響起。
第三天我檢查一下電話機，發現它沒壞，一陣猶豫後決定打電話。
但只撥了四個號碼，便掛上電話，因為很怕又不歡而散。

走出房間，繞著院子踱步。
正當為了如何化解尷尬的處境而傷腦筋時，又想起情人節快到了，
這次該怎麼過節呢？
越想頭越大，便在階梯上坐了下來。
回頭仰望著樓上的房間，腦海裡突然靈光乍現。

我立刻跑到文具店買了幾十張很大的紅色卡片紙，起碼有一公尺見方。
回房間後，將這些紅色的紙一張張攤在地上弄平。
拿出鉛筆和尺，仔細測量後在紙上畫滿了格線；
再用刀片和剪刀裁成一片片長9公分、寬4公分的小紙片。

總共九千九百九十九片。
然後在每張小卡片上寫了三個字。

過程說來簡單，但前前後後共花了我一個星期的時間。
這七天中，我集中精神做這件事，沒打電話給葦庭；
而她也沒打來。
我一心只想把這件事做好，希望給她一個大大的驚喜。

寫完最後一張小卡片後，我頹然躺在地板上，非常疲憊。
右手握筆的大拇指與中指已經有些紅腫，並長了一顆小水泡。
看著手指上的水泡，我覺得眼皮很重，不知不覺便睡著了。

電話突然響起，我立刻驚醒，從地板上彈起。
我知道這麼晚只有葦庭會打來，深呼吸一下平復緊張的心情後，
才接起電話。

「說真的。」葦庭說，「我們分手吧。」

我失戀了。

失戀有兩層涵義，第一層是指失去戀人；
更深的一層，是指失去戀愛這件事。
我想我不僅失去戀人，恐怕也將失去戀愛這件事。

葦庭曾告訴我，選羊的人絕不會勉強自己跟不愛的人在一起，
所以當她說要分手時，大概不會留什麼餘地。
既然如此，我也不必想盡辦法去挽留。

葦庭說完再見後的第三天，我收到一封信。
信封很大，是 A4 的 size，裡面裝著我寫的那封情書。
正確地說，是 A4 的蔡智淵裝著標準的柳葦庭裡面有嬌小的劉瑋亭。
這打消了最後一絲我想復合的希望。

收到信的第一個念頭：這是報應。
劉瑋亭曾經收到這封信，當她知道只是個誤會時，我一定狠狠傷了她。
如今它繞了一大圈後，又回到我手上，這大概也可以叫因果循環吧。

完全確定自己失戀後的一個禮拜內，腦子裡盡是葦庭的樣子和聲音。
想到可能從此以後再也看不見她的甜美笑容，我便陷入難過的深淵中，
整個人不斷向下沉，而且眼前一片漆黑。
我任由悲傷的黑色水流將我吞噬，絲毫沒有掙扎的念頭。
直到過了那個失戀的「頭七」後，我才一點一滴試圖振作與抵抗。
然後又開始想起劉瑋亭的眼神。

或許是因為我對劉瑋亭有很深的愧疚感，所以在葦庭離去後，
我已經不需要刻意壓抑想起劉瑋亭的念頭時，我又想起劉瑋亭。
我很想知道她在哪裡、做什麼、過得好不好？
那些欲望甚至可以蓋過想起葦庭時的悲傷。

這並不意味著劉瑋亭在我心裡的份量超過葦庭，兩者不能相提並論。

葦庭的離去有點像是親人的死去，除了面對悲傷走出悲傷外，
根本無能為力。
而劉瑋亭像是一件未完成的重要的事，只要一天不完成便會卡在心中。
它是成長過程的一部份，我必須要完成它，生命才能持續向前。

為了逃離想起葦庭時的悲傷，我努力檢視跟葦庭在一起時的不愉快。
如果很想忘記一個人卻很難做到，就試著去記住她的不好吧。
雖然這是一種懦弱的想法，但我實在找不出別的方法來讓我振作。

可是在回憶與葦庭相處的點滴中，除了她到台北之後我們偶有爭執外，
大部分的回憶都是甜美的，一如她的笑容。
為了要挑剔她的不好，反而更清楚知道她的好，這令我更加痛苦。
當我想要放棄這種懦弱的想法而改用消極的逃避策略時，
突然想起我跟她第一次到安平海邊看夕陽時，我們的對話：

『謝謝妳沒拒絕我。』
「我無法拒絕浪漫呀。」

也許葦庭並非接受我，她只是沉溺在情書的浪漫感覺裡。
所以只要我不是差勁的人，她便容易接受我。
當我們在一起時，雖然我的表現不算好，但也許對她而言，
每天能在一起談笑就是浪漫。
隨著分離兩地，見面的機會驟減，而她對浪漫的需求卻與日俱增，
因此我在這方面的缺陷便足以致命。

或許這樣想對她並不公平，但卻會讓我覺得好過一些。

起碼我不必天天問自己：爲什麼我們會走到這一步、到底發生什麼事、
爲什麼她要離開我？
這類問題像是泥沼，一旦踏入只會越陷越深。

決定要重新過日子後，我把她退回來的情書和那幾千張紅色小卡片，
都收進樓上的房間。
這樣我便不會觸景傷情，但也不至於完全割捨掉這段回憶。

樓上的房間很雜亂，竟然找不出乾淨的角落來擺東西。
爲了給自己找點事做，我乾脆花了兩天的時間清理一番。
把確定不要的雜物丟掉，並把剩下的東西收拾整理好後，
我便得以一窺這房間的全貌。

單人床貼牆靠著，對面的牆上有很大的窗，勉強算是落地窗，
因爲窗台離地板僅約10公分左右。
拉開窗簾後，躺在床上望向窗外，正對著屋後一棵枝葉茂密的樹。
風起時，樹上的枝葉會輕拂著窗戶的玻璃，隱約可以聽到聲音。

我聽了一會樹木的低語，全身很快放鬆，然後進入夢鄉。
醒來時臉已背對著窗而幾乎貼著靠床的牆，而且眼前有一團小黑影。
戴上眼鏡仔細一看，原來在牆上比較偏僻的角落裡寫了很多字，
很像幾千隻黑色的螞蟻爬在牆上。

這些文字像是心情記事，並不像廁所或是風景區的留言那樣淺薄。
牆上的留言是從很深的心底爬出，化爲文字，逐字逐句記錄在牆上。
每則留言的字數不一，有的不到十個字，有的將近一百字，

但最後都一定寫上日期。

留言並未按照日期在牆上規律排列，而且時間間隔也不一定，

有時三天寫一則，有時隔半個多月。

當初寫字的人應該是在想抒發時，便隨便找空白處填上心情。

由於字寫得很小，我大約花了半個小時才將這些留言看完。

「我要走了。尋找另一面可以陪我一起等待的牆。」

這是他最後一則留言，時間是我搬進這房子的前一年。

我想他一定是個寂寞的人，只能跟牆壁說心事，

而且這些心事幾乎沒有快樂的成分。

或許他在快樂時不習慣留言，但對一口氣看完這些留言的我，

只覺得他很寂寞。

對於仍陷入葦庭離去的悲傷的我而言，不禁起了同病相憐的感覺。

我揉了揉發痠的眼睛，再看了一眼窗外的樹，便離開床找了隻筆，

也在牆上寫下：

「正式告別葦庭，孔雀要學著開屏。」

然後留下時間。

從此只要我無法排解想起葦庭時的悲傷，就在那面牆上寫字。

說也奇怪，只要我留完言，便覺得暢快無比。

在某種意義上，這面牆像是心靈的廁所，雖然這樣比喻有些粗俗。

漸漸地，留言的時間間距越來越長，留言的理由也跟葦庭越來越無關。

我很感激那面牆，它讓我能自由地抒發心裡的悲傷。

孔雀森林

悲傷這東西在心裡積久了並不會發酵成美酒，只會越陳越酸苦。
只有適時適當的釋放，才能走出悲傷。
我把過去的我留在牆上，重新面對每一天。
既然無法擺脫孔雀的形象，就當個開屏的孔雀吧。

屋外突然響起電鈴聲，我走出房間，打開院子的門。
『榮安！』
我很驚訝，不禁失聲叫了出來。
「同學。」門外的榮安只是一個勁兒的傻笑，說：
「唸我的名字時，請不要放太多的感情。」

雖然榮安只是我的大學同學，但我此刻卻覺得他像是久別重逢的親人。

🌳　🌳　🌳　🌳　🌳　🌳　🌳

榮安在外島當兵，服兵役期間我們只見過兩次面。
其中有一次，我和葦庭還一起請他吃飯。
我記得榮安拼命講我的好話，葦庭還直誇他很可愛。

榮安退伍後到台北工作，工地在台北火車站附近。
那是捷運工程的工地，隧道內的溫度常高達40度以上。
還跟葦庭在一起時，曾在找完她而要回台南前，順道去找他。
那時跟他在隧道內聊天，溫度很高，我們倆都打赤膊。
他說有機會要請我和葦庭吃飯，只可惜沒多久我和葦庭就分手了。

『今天怎麼有空來？』我問。

「我現在在新化的工地上班，是南二高的工程。」他說。

『啊？』我有些驚訝，『你不在台北了嗎？』

「天啊！」他更驚訝，「台北捷運去年就完工了，你不知道嗎？」

我看著榮安，屈指算了算，原來我跟葦庭分手已經超過一年了。

『時間過得好快，沒想到我已過了一年不問世事的生活。』我說。

「你在說什麼？」榮安睜大眼睛，似乎很疑惑。

『沒事。』我說，『餓不餓？我請你吃宵夜。』

「好啊。」他說，「可惜你女朋友不在台南，不然就可以一起吃飯。」

這次輪到我睜大眼睛，沒想到榮安還是不改一開口便會說錯話的習慣。

『我跟她已經……』

我將一枝筆立在桌上，然後用力吹出一口氣，筆掉落到地上。

「你們吹了嗎？」榮安說。

『嗯。』我點點頭。

「吹了多久？」

『超過一年了。』

「為什麼會吹？」

『這要問她。』

說完後我用力咳嗽幾聲，想提醒榮安我不想討論這個話題。

「你可以忘掉她嗎？」榮安竟然又繼續問。

我瞄了他一眼後，淡淡地說：『應該可以。』

「這很難喔！」榮安無視我的眼神和語氣，「人家常說愛上一個人只要一分鐘，忘記一個人卻要一輩子，所以你要忘掉她的話，恐怕……」

我撿起地上的筆，將筆尖抵住他的喉嚨，說：『恐怕怎樣？』

孔雀森林

「不說了。」他哈哈大笑兩聲後，迅速往後避開，說：「吃宵夜吧。」

我隨便找了家麵攤請榮安吃麵，麵端來後他說：
「太寒酸了吧。」
『我是窮學生，只能請你吃這個。』我說。
「你還記得班上那個施祥益吧？」
『當然記得。』我說，『幹嘛突然提他？』
「他現在開了好幾家補習班，當上大老闆了。」
『那又如何？』我低頭吃麵，對這話題絲毫不感興趣。

「你和他都是選孔雀的人，他混得這麼好，你還在吃麵。」榮安說。
我沒答腔，伸出筷子從榮安的碗裡夾出一塊肉放進我碗裡。
「你這隻混得不好的孔雀在幹嘛？」他疑惑地看著我。
我又伸出筷子再從榮安的碗裡夾出一塊肉。
「喂！」榮安雙手把碗端開，「再夾就沒肉了。」
『你只要閉嘴我就不夾。』

榮安乖乖地閉上嘴巴，低頭猛吃麵，沒一會工夫便把麵吃完。
他吃完麵便端起碗喝湯，把碗裡的湯喝得一滴不剩後，
又開始說起施祥益的種種。
我無法再從他的碗裡夾走任何東西，只好專心吃麵，盡量不去理他。

其實關於施祥益，我比榮安還清楚，因為他跟我也是研究所同學。
但自從大學時代的新車兜風事件之後，我便不想跟這個人太靠近。
施祥益在研究所時期並不用功，只熱衷他的補習班事業。
那時班上常有同學問他：既然想開補習班，為何還要念研究所？

他總是回答：「我需要高一點的文憑，補習班才容易招生啊！」

他畢業後，補習班的事業蒸蒸日上，目前為止開了四家左右。
曾有同學去他的補習班兼課，但最後受不了他對錢的斤斤計較而離開。
兩年前班上有個同學結婚，他在喜宴現場告訴我說他忘了帶錢，
拜託我先幫他包個兩千塊紅包，我便幫他墊了兩千塊。
在那之後，班上陸續又有三個同學結婚，每次他在喜宴現場碰到我，
總是說：「我還記得欠你兩千塊喔！不過我又忘了帶錢了。」
雖然我不相信他這個大老闆身上連兩千塊也沒，但我始終沒回嘴。

同學們每次提到施祥益，語氣總是充滿著羨慕和嫉妒。
不過我對他絲毫沒有羨慕與嫉妒之心，反倒有一種厭惡的感覺。
我厭惡自己竟然像他一樣，都是選孔雀的人。

「你沒參加施祥益的婚禮吧？」榮安又說，「我有參加喔。」
『那又如何？』我降低語氣的溫度，希望榮安不要繼續這個話題。
「你知道嗎？他老婆也是選孔雀的人耶！」
『那又如何？』我的語氣快結冰了。
「或許你也該找個選孔雀的女生……」
他話沒說完，我迅速起身去結帳，再把他從座位上拉起，直接拉回家。
一路上他只要開口想說話，我便搗住他的嘴巴。

『喂。』一進家門，我便說：『你明天還要上班，先回去吧。』
「新化離台南只要20分鐘的車程而已。」
『那又如何？』話一出口，我才發覺這句話已經是我今晚的口頭禪了。
「我今晚睡這裡，明天一早再走。」

孔雀森林

『不方便吧？』
「你看，我帶了牙刷和毛巾。」他得意洋洋地打開背包，
「還有連內褲也帶來了，你別擔心。」
『我才不是擔心這個！』

「我們很久沒見面了，讓我住一晚嘛！」
我想想也對，便說：『你睡樓上的房間。』
「好耶！」榮安很興奮，三兩下便把上衣脫掉，然後說：
「我先去洗個澡。」
『咦？你身材變好了，竟然還有六塊腹肌。』我拍拍他的肚子，
『怎麼練的？』

「以前在台北跟一個工程師住在一起，睡覺前他都會講笑話給我聽。」
『那……』我實在不想再說那又如何，便改口：『那又怎樣？』
「他講的笑話都好好笑喔，讓我躺在床上一直笑一直笑，久而久之就
　笑出腹肌了。」
『胡扯！』
「你不信嗎？」榮安把我拉到床上躺平，「我現在講個笑話給你聽。」

「你知道為什麼叫霸王別姬嗎？那是因為霸王被劉邦包圍在垓下後，
　還吟出：力拔山兮氣蓋世之類的話，虞姬實在看不過去了，便說：
　霸王呀，你別再GGYY了，趕快逃命吧。」榮安邊笑邊說，
「這就是霸王別G。」
我聽完後連話都懶得說，翻過身不去理他。
榮安自覺無趣，拿起換洗衣物走進浴室。

隨手拿起床邊的書，看了幾頁後，感覺自己年輕了好幾歲，
彷彿回到大學時代跟榮安一起住在宿舍內的時光。
自從葦庭離開後，我好像再也沒有像今晚這麼有活力過。
我心裡很高興榮安的到訪，但實在不想承認這點。
「洗好了。」榮安走出浴室，「我再講一個笑話讓你練練腹肌。」
我連視線也懶得離開書本。

「你知道腎臟不好的人不能吃什麼嗎？」
『不知道。』
「答案是桑椹。因為『桑椹』會『傷腎』啊。」
『喔。』
「你怎麼老是一點反應也沒？這樣怎麼練腹肌呢？」榮安搖搖頭，
「難道選孔雀的人都沒有幽默感嗎？」
『快給我滾到樓上的房間！』我將手上的書丟向他，『我要睡覺了！』

榮安心不甘情不願地爬到樓上的房間，我起身把房門關上。
還沒走回床邊，他就敲門說沒樓上房間的鑰匙。
我打開房門把鑰匙丟給他，順便說：『別再敲門了。』
關上門，躺回床上，沒多久又聽見外面傳來「沒有棉被啊」的聲音。
我抱著一條棉被，一步步上樓，踢開樓上房間的門，把棉被往床上扔。

「這房間不錯。」榮安摟著棉被靠躺在床上，看著窗外。
『快睡吧。』我轉身離開。
「喂！」他叫了我一聲。
『幹嘛？』
「真的嗎？」

『嗯？』我停下腳步回過頭，『眞的什麼？』

「你跟柳葦庭眞的吹了嗎？」榮安轉頭看著我。

我嘆口氣，朝他點了點頭。

他看見我點了頭後，沒再說什麼，視線又轉向窗外。

我說了聲晚安，便走下樓梯。

爬完最後一個階梯，聽見榮安在樓上說：「我以後會常來這裡喔。」

『幹嘛？』我大聲回答。

「多陪陪你囉！」他也大聲回話。

我感覺胸口熱熱的，一句話也吐不出來。

花了一點時間平復情緒後，我才開口：『隨便你。』

但我的聲音卻細到連我自己都聽不清楚。

🌳　🌳　🌳　🌳　🌳　🌳

榮安果然常來我這裡，一個禮拜甚至會來六天。

他總是下班後直接過來，隔天要上班時再出門。

我給了他一副鑰匙，讓他可以自由出入。

除了他睡在樓上的房間外，我們的相處模式好像又回到大學時代。

坦白說，葦庭離開後，我的日子過得很安靜。

時間在無聲無息中流逝，我毫無知覺。

榮安的到來，讓我聽見噗通一聲，我才察覺時間的存在。

原來雖然我覺得自己的生命好像停滯不前，但時間還是繼續在走的。

榮安的生活很規律，從工地下班後的時間全是自己的；
而我學校方面的事比較繁雜，有時得待在研究室一整晚。
他很喜歡在我房間閒晃，不過只要我在忙他便不會吵我。
後來我房間乾脆不上鎖，隨便他來來去去，即使我不在。

「要幫你分擔房租嗎？」榮安問。
『不用了。』我回答。
「不行啦！」榮安說，「你先試著從對我斤斤計較每一分錢開始，然後
　慢慢推廣到其他方面，這樣你才能算是選孔雀的人。」
我二話不說，舉腳便踹。

榮安常常想在深夜拉我去一家Pub，但我總是推辭不去。
有次實在拗不過他，便讓他拉了去。
那是一家叫Yum的店，開在台南運河附近的巷弄裡面。
白色的招牌黑色的字，在深夜寂靜的運河邊，還是滿顯眼的。

榮安拉著我推門走進，還沒來得及看清楚店內的裝潢時，
他便朝吧台內的女子打招呼：「小雲，我帶個朋友過來。」
她的視線稍微離開手中的搖酒器，然後點頭微笑說：「歡迎。」
幾個坐在吧台邊的男子側身轉頭看了我一眼，眼神充滿了打量的味道。
我有些不自在，勉強擠了個微笑後，便拉著榮安趕緊找位置坐下。

吧台是一般的馬蹄型，中間大概可坐七個人左右；
左右兩側很小，各只有兩個位置。
吧台中間已經坐滿了人，我和榮安只好在靠店內的左側坐下。

『你常來？』一坐定後，我輕聲問榮安。

「對啊。」他回答。

吧台內的女子正將搖酒器內的液體倒入杯子，邊倒邊說：

「你有一陣子沒來囉。」

「是啊。」榮安回答得很爽快。

她離我們有三步距離，而且視線並沒有朝向我們，於是我對他說：

『人家不是在跟你說話。』

她好像聽到我的話，轉頭朝向我，笑了笑、點點頭。

「你看吧。」榮安說，「她是在跟我說話。」

店內瀰漫著鋼琴旋律，我四處打量，發現角落有鋼琴，不過沒人彈奏。

原來鋼琴聲是從音響傳出來的，可見這家店的音響設備很好。

當然也有可能是我的耳朵不好。

店內擺了八張桌子，三桌坐了人，有五張空桌。

除了吧台內那個女調酒師外，還有一個年紀 20 歲左右的女侍者。

吧台後方垂了條藍色簾幕，掀開後裡面應該是簡單的廚房。

「喝點什麼？」

叫小雲的女調酒師走到我們跟前，親切地詢問。

「我要 Vodka Lime！」榮安大聲回答。

感覺在 Pub 這種地方點酒時，應該要用低沉的嗓音唸出酒名才對，

可是榮安的語調好像是小孩子在討汽水喝，而且發音也不標準。

「好。」小雲轉向我，「你呢？」

『有咖啡嗎？』我說。

「點什麼咖啡！」榮安用手肘頂了頂我，「你要點酒！」

如果不是小雲在場，我一定頂回去，但現在只好拿起酒單端詳。
『Gin Tonic。』我說。

小雲走後，我立刻也頂了榮安，然後說：『幹嘛要點酒？』
「你要喝點酒，這樣才能治療失戀的創傷。」他哈哈大笑，
「而且點酒就是碘酒，碘酒可以消毒治療啊。」
正想給他一拳時，小雲又帶著微笑走過來。

她在榮安的杯子裡倒入伏特加、萊姆汁，放了個檸檬角；
在我的杯子倒入琴酒、通寧水，然後加了片檸檬。
「你最近很忙嗎？」她問。
「是啊。」榮安端起酒杯。

「這是我大學同學。」榮安指著我，「現在念博士班，是高材生喔。」
他的聲音不算小，吧台邊又有幾個人轉過頭來，眼神似乎不以為然。
「幸會。」
小雲微微一笑，我則有些尷尬。
「我前陣子都在照顧他，所以就沒來了。」他又說。
「是嗎？」她看了看我，眼神含著笑。
我很想踹榮安一腳。

「剛剛有客人問了我一個很有趣的心理測驗，我也想問問你們。」
小雲放下手邊的東西，似乎準備開始閒聊，然後說：
「你在森林裡養了好幾種動物，馬、牛、羊、老虎和孔雀。如果有天
　你必須離開森林，而且只能帶一種動物離開，你會帶哪種動物？」
我心頭一驚，放下酒杯。

孔雀森林

「狗！」榮安又大聲回答。
「這裡面沒有狗呀。」小雲搖搖頭。
「我不管，我就是要選狗。」
「哪有這樣的，你賴皮。」小雲笑著說。
我則一句也不吭。

「你呢？」小雲將頭轉向我，「選哪種動物？」
『孔雀。』
我的語氣很淡漠，剛才應該用這種語氣點酒才會顯得性格。
她微微一楞，然後說：「你們知道這幾種動物的代表意義嗎？」
「知道啊。」榮安笑了笑，「我們大學時代就玩過了。」
「這樣就不好玩了。」小雲的語氣有些失望，但隨即又笑著說，
「那你們猜猜看我選什麼？猜中的話我請客。」

「你一定選羊。」榮安說。
「猜錯了。」小雲搖搖頭，然後目光朝向我。
『妳應該是選馬。』我說。
「你的酒我請。」小雲笑得很開心。
『謝謝。』我說，『對選孔雀的我而言，非常受用。』

「妳為什麼選馬？」榮安問。
「我喜歡自由自在、想去哪就去哪，只有馬才能帶著我四處遊蕩。」
小雲說，「你呢？為什麼選狗？」
「狗最忠實啊，永遠不會離開我。」榮安回答。
「可是選項裡面沒有狗呀。」小雲說，「如果沒有狗，你要選什麼？」

「我一定要選狗啊！」榮安大聲抗議。

「好。」小雲笑著說，「我放棄跟你溝通了。」

他們對談時，我只是在一旁靜靜喝酒，因為我不喜歡這個話題。

小雲將臉轉向我，應該是想問我為什麼選孔雀，我打算隨便編個答案。

「你為什麼要點 Gin Tonic？」她問。

『因為……』話剛出口，我才發覺問題不對，『Gin Tonic？』

「嗯。」她點點頭，「我問的是，你為什麼點 Gin Tonic？」

我被預料外的問題嚇了一跳，楞了半晌，久久答不出話。

「Gin Tonic 通常是女人點的酒。」她看我不說話，便又開口說：

「而且是寂寞的女人哦。」

『是嗎？』我很疑惑。

「難道你沒聽過：點一杯琴通尼，表示她寂寞？」

『沒有。』我搖搖頭。

「其實我覺得大多數點琴通尼的人，只是因為這名字的英文好唸。」

她笑著說，「你也是吧？」

我絲毫不覺得她有挖苦或取笑的意思，反而覺得很好笑，便笑了一笑，

然後說：『沒錯。我英文不好，怕丟臉。』

小雲聽完後也笑得很開心。

不知道是酒精的緣故還是小雲給人的感覺，我覺得心頭暖暖的，

全身不自覺放鬆。

小雲去招呼其他的客人了，榮安則開始跟我說起他們認識的經過。

原來他第一次來這裡跟小雲聊天時，竟發現他的同袍就是小雲的哥哥。

『這麼巧?』我說。

「對啊。」榮安隨口回答,好像不覺得這種際遇有多了不起,
「後來我就常來了,偶爾也會帶同事來。」

『喔。』

我應了一聲,端起酒杯後才發覺酒已經沒了。

榮安又點了一杯 Vodka Lime,我因為心情很好,也跟著要了一杯。

我和他邊喝邊聊,小雲不忙時也會過來一起聊天。

小雲雖然健談,但話並不多,而且臉上總是帶著笑容。

是朋友之間那種親切的笑,而非老闆與顧客之間那種應酬的笑。

望了望坐在吧台中央的那幾位男士,他們正努力找話題,

或是持續某個話題以便能跟小雲聊天。

在生物界裡,雄性為了吸引雌性的注意,總是會炫耀自己。

人類也是一樣,不管是什麼樣的男人,一旦碰到喜歡的異性,

言談舉止間的炫耀是藏不住的。

我偷偷打量小雲,發覺她真的很迷人,難怪那些男士會喜歡她;

也難怪我剛走進這裡時,會看到他們警戒而緊張的神情。

我和榮安越坐越晚,直到吧台邊只剩下我們兩個人。

這時才驚覺他並不像我一樣,他一早還得去工地上班。

『該走了。』我說,『不好意思,忘了注意時間。』

「沒關係啦。」榮安說,「你喜歡的話,坐多晚都行。」

『還是走吧。』我站起身。

榮安要先上個洗手間,我便在吧台邊等他。

小雲似乎沒事做了，順手整理吧台的動作看起來很愜意。
當她將吧台上最後一個菸灰缸收好時，說：「為什麼你會猜我選馬？」
『隨便猜的。』我不好意思笑了笑。
「你運氣不錯。」
『是啊。』
我微微一笑，她也微笑相對。

沒了榮安，我覺得與小雲獨處時有些不自在，便拿起吧台上的酒單，
讀讀上面的英文字打發時間。
「很辛苦吧？」小雲說。
『嗯？』我沒聽懂，視線離開酒單轉向她。
「當一個選孔雀卻又不像選孔雀的人。」

我張開口想說些什麼，卻說不出半句。
因為我突然覺得今晚喝進肚子裡的所有酒精，好像同時燃燒。

一直到榮安走過來，我體內的酒精都還未燃燒殆盡。
「要記得喔！」榮安對她說：「我這個朋友可是高材生呢。」
聽到他這麼說，我的體溫瞬間回復正常，拉著他便走。
當我右手拉著榮安、左手推開店門時，聽到小雲在背後說：
「Someone wants a Gin Tonic. It means someone's lonely.」

我停下腳步回過頭，只見小雲淡淡笑了笑。

Chapter 4
Martini 先生

孔雀森林

🌲　🌲　🌲　🌲　🌲　🌲

小雲給我的感覺很好，而且我很感激她並沒有追問我選孔雀的理由。
我知道她不是忘了問，只是不想問而已。

日後每當榮安提議要到 Yum 去坐坐時，只要我手邊不忙，便會答應。
到了 Yum 後，一來不太會喝酒；二來酒的價錢比較貴；
三來怕隨便點個酒結果發現它代表欲求不滿寂寞難耐之類的意思，
所以我乾脆點咖啡。
小雲依然親切，總是抽空跟我們閒聊，聊久了便覺得算得上是朋友。
也知道店裡唯一的女服務生叫小蘭。

後來發生了一件意外：榮安的腿斷了。
榮安在工地的宿舍是貨櫃屋改裝的，架在兩層樓高的位置。
颱風來襲時貨櫃屋被吹落至地上，然後翻滾了一圈，
在裡面的他就這樣斷了左腿。
我聽到消息後到醫院看他，除了身上有一些擦傷外，
左腳已上了石膏，可能得在醫院躺上兩個禮拜。

「我突然從床上騰空飛起，眼睛剛睜開，便撞到天花板的日光燈。」
榮安躺在病床上，左腳高高吊起，神情不僅不萎靡，反倒還有些興奮。
「然後地板不斷旋轉而且越來越大，匡的一聲我又撞到地板。」
我遞給他一顆剛削完皮的蘋果，他咬了一口蘋果後，嘴巴含糊說著：
「我看到我的一生像快轉的電影一樣，一幕一幕在眼前快速掠過。」

『喔？』我覺得很新奇。

「影像變化雖快，但每一幕都很清晰。我還看到好多人，包括國中時的
　老師、高中時暗戀的女孩等等，都是我生命歷程的重要人物。」
『這些影像是彩色的還是黑白的？』我問。
「黑白的。」榮安哈哈大笑，「因為我肝不好，所以人生是黑白的。」
我突然不想同情躺在病床上的他。

「你知道我還看到誰嗎？」榮安說。
『誰？』
「後來我看到了你，看到你身邊沒有女朋友陪伴，一個人孤伶伶的。
　我突然覺得肩膀有股力量，於是在黑暗中爬啊爬的，就爬出來了。」
『這麼說的話，我算是你的救命恩人囉？』
「算是吧。」
榮安說完後，雙眼看著天花板，很累的樣子。

把手中的蘋果吃完後，他轉頭看著我，又是一陣傻笑。
『還吃不吃蘋果？』我說，『我再削一個給你。』
「好啊。」他點點頭。

榮安住院那些天，我每天都會去陪他，反正醫院就在學校附近。
有時我還會帶書去待上一整個下午，如果書看完了無事可做，
就拿起筆在榮安左腳的石膏上推導式子。
說來奇怪，在石膏上推導方程式時特別順暢，
很多以前沒辦法克服的難題都已迎刃而解。
我懷疑愛因斯坦是否也有朋友斷了腿以致他可以推導出相對論。

連續過了幾個沒有榮安來騷擾的晚上，我開始悶得發慌。

一個人騎上機車，騎往運河邊的 Yum。

「咦？」小雲有些驚訝，「今天你一個人？」

『嗯。』我點點頭。

吧台邊雖然只稀稀落落坐了三個人，但我還是習慣坐在左側角落。

小雲端來一杯咖啡，然後問：「榮安呢？」

『他的腿斷了，不能來。』我說。

「呀？」她很緊張，「發生了什麼事？」

我稍微解釋一下榮安的狀況，並拿起吧台上的火柴盒充當貨櫃屋，
然後將火柴盒摔落、翻滾。

『他的腿就這樣斷了。』我端起咖啡，喝了一口。

「竟然只有斷了腿而已。」小雲說。

我左手端著咖啡杯，嘴唇離開杯緣，睜大眼睛不可置信地望著她，說：

『我也覺得只斷了腿真是可惜。』

「我不是這個意思。」小雲突然醒悟，急忙搖搖手，「我的意思是，
在那種狀況下，應該會受更重的傷，所以只斷了腿是……」

『沒有天理？』

「不。」她的臉開始漲紅，「那叫不幸中的大幸。」

『原來如此。』我繼續喝了一口咖啡。

「喂。」過了約一分鐘，小雲說：「你明知道我不是那個意思，卻故意
要誤解我的意思。」

『沒錯。』我放下咖啡杯，笑了起來。

小雲也跟著笑，笑了幾聲後，她說：「你跟榮安的味道不太一樣。」

『是嗎？』我很好奇。

「他是那種典型的學工程的人,而你身上的某部分有我熟悉的氣味。」

『什麼氣味?』我聞了聞腋下。

「不是身上的味道啦。」小雲笑了笑,「我不會形容那種氣味,只知道你的氣味和我求學時身旁的人的氣味有些類似。」

『妳念什麼的?』

「企管。」

我微微一驚,試著端起咖啡杯偽裝從容。

「看你的反應,好像你有熟識的人也念企管?」小雲的眼睛很利。

『嗯。』我含糊應了聲。

「該不會是你的女朋友念企管吧。」

我睜大眼睛,緩緩點了點頭。

「你又來了。」小雲笑了起來,「接下來你是不是要說:你們曾經山盟海誓,可是現在勞燕分飛,於是你只能在 Pub 裡舔拭傷口?」

小雲越說越開心,但我的眼睛卻越睜越大。

她看我睜大了眼睛一動也不動,便伸出右手在我面前揮了揮,說:

「不要再玩了,這樣不好笑。」

『我不是在玩。』我眨了眨發痠的眼睛。

「難道⋯⋯莫非⋯⋯」輪到她的眼睛睜得好大,「真讓我說中了?」

『嗯。』我苦笑了一下。

「對不起。」她吐了吐舌頭。

『沒關係。』

小雲似乎有些尷尬,露出不太自然的微笑後,說:

孔雀森林

「今天讓我請客吧，不然我會良心不安。」
『好啊。』我說，『不過我還要來一杯Martini。』
「你趁火打劫。」
『妳忘了嗎？』我說，『我是選孔雀的人。』

她在加了冰塊的調酒杯裡倒入琴酒、苦艾酒，用酒吧長匙快速攪一攪，
然後把冰塊濾掉，倒進剛從小冰箱裡拿出來的雞尾酒杯，
最後再加一顆紅橄欖便算完成。
「為什麼點Martini？」小雲問。

『我常看到有人點，所以想喝喝看。』
「馬汀尼確實是一杯很有名的雞尾酒，甚至可以說是名氣最大。」
小雲說，「不過我的意思是：你為什麼要點『酒』？」
『既然聊到了我的前女友，我想酒應該會比較適合我的心情吧。』
我喝了一口Martini，只覺得滿口冰涼。

小雲走回吧台中央，一個打條領帶戴著銀框眼鏡的男子也點了馬汀尼。
「麻煩dry一點。」他說。
她有意無意地朝我笑了笑，然後又調了一杯Martini給他。
我拿起手中這杯不知道是dry還是wet的Martini，慢慢喝完。
「越dry的Martini，表示苦艾酒越少。」
一抬頭，小雲已站在我面前，臉上掛著微笑。

吧台邊只剩下我和另一位點Martini的男子。
他算安靜，通常一個人靜靜抽著菸，彈菸灰的動作也很輕。
店內還有兩桌客人，聊天的音量很小，有時甚至同時閉嘴聆聽音樂。

小雲在吧台內找一些諸如擦拭杯子的閒事來做，左晃右晃。
有時晃到我面前，但並沒有開口，我猜想她應該還是覺得尷尬。

『我不是來這裡舔拭傷口，只是單純喜歡這裡的氣氛。』
在小雲第三次晃到我面前時，我開了口，試著化解空氣中的尷尬。
她沒回話，停下手邊的動作，不好意思地笑了笑。
『山盟海誓應該還談不上，只是經常花前月下而已。至於勞燕分飛嘛，
　東飛伯勞西飛燕，意思是對的；不過我是孔雀，習慣東南飛。』
我說完後，發現小雲嘴邊的微笑很自然，便跟著笑了起來。

『其實她研究所才念企管，大學念的是統計。』我說。
「我一直念企管。」小雲終於開口，「研究所也是。」
『喔？』
「想不到吧。」她笑了笑，「一個女酒保竟然是研究所畢業。」
『我不是這個意思。』
「我知道。」
小雲拿了一小碟點心放在我面前。

『她和我一樣，都是成大的學生。』我說。
「我也是耶。」她說。
『那麼或許妳認識她吧。』
「或許吧。」
小雲聳了聳肩，臉上一副你不說我就不問的表情。

『好吧。』我說，『看在免費的 Martini 份上，她叫柳葦庭。』
「她高我一屆，是我學姐。」小雲說，「我們還滿熟的。」

『眞的嗎?』我很驚訝。

「嗯。」她點點頭。

『眞巧。』我說,『妳哥哥是榮安的朋友,妳學姐是我的前女友。』

「麻省理工學院的索拉波做了一個研究,在美國隨機選出兩個人,並假設平均每個人認識一千人,那麼這兩人彼此認識的機率只有十萬分之一,可是這兩人共同認識某個朋友的機率卻高達百分之一。」

『假設平均認識一千人?』我說,『好像太多了。』

「也許吧。」小雲笑了笑,「不過這個研究的重點是說,兩個完全陌生的人如果不小心碰在一起,結果發現彼此有共同認識的朋友,似乎並沒有想像中的困難。」

『妳這種講話的口吻跟她好像。』我笑了笑,『如果她這麼說,我一定會叫她把平均認識一千人的假設減少,重算機率後再來說服我。』

「那她會怎麼反應?」

『她應該會笑一笑,然後叫我不必太認眞。』

「我想也是。」小雲說,「她的脾氣很好,在系上一直很受歡迎。」

『是啊,她確實很好。』

端起酒杯,嘴唇剛接觸杯緣,才想起 Martini 早就喝光了。

我不把酒杯放下,任由它貼住嘴唇。

「我好像應該再請你喝一杯。」小雲說。

『爲什麼?』我把酒杯放下。

「因爲我又讓你想起你想忘掉的事。」

『沒關係,這已經是過去的事了。』我勉強笑了笑,『而且……』

「嗯?」

『也忘不掉。』

小雲和我同時沉默了下來。
我幾乎可以聽見那位點 Martini 的男子抽菸時的呼氣聲。
「再調一杯 Martini 給你吧。」
她先打破沉默，然後很快又把一杯 Martini 放在我面前，說：
「從現在開始，我把嘴巴閉上，一句話都不說。」
說完後，她立刻用左手搗住嘴巴。

我靜靜喝酒，速度很慢，回想以前跟葦庭在一起的時光。
那確實是段快樂純真的日子，即使後來不太快樂、有點失真。
雖然常會覺得這些回憶好像已是上輩子的事，離現在的我很遙遠，
但那些清晰熟悉的感覺卻始終沒有降溫。

我應該早就把這第二杯酒喝完，但右手還是機械式舉杯、碰唇、仰頭。
也不知道過了多久，當我回神時，吧台邊只剩我一人，
另兩桌的客人也不見了。
我起身對小雲說：『我走了。』
移動時腳步有些踉蹌，不知道是酒精的緣故，或是坐太久兩腿發麻？

小雲還是用左手搗住嘴巴，右手跟我揮揮手表示告別。

🌲　🌲　🌲　🌲　🌲　🌲　🌲

榮安出院了，不過還得拄著枴杖一段時間。
而且在工地的宿舍重新修建好之前，他得一直住我那裡。

我每天一大早騎機車載他到工地上班，回來睡個回籠覺後再到學校。
有時他同事會順路在下班時送他回來，有時我還得特地去接他回來。

榮安出院後第三天晚上，我載著他到 Yum。
小雲剛看到榮安拄著枴杖時嚇了一跳，後來發現他已經沒什麼大礙，
便覺得好笑。
這晚榮安和小雲都很健談，我的話比較少。
還有一件不太重要的事，我又看到上次那個點 Martini 的男子。

榮安出院後的第五天下午四點左右，我在學校接到榮安的電話。
「喂，來載我。」他說，「今天沒什麼事，我想早點走。」
『還不到下班的時間，你太混了吧。』我說。
「反正我是病人，不會有人說閒話的。」
我掛掉電話，放下手邊的事，有點不太情願地騎車去載他。

我花了 20 分鐘到他的工地，再花了 20 分鐘載他回家。
到了家門口，車子不熄火讓他先下車，因為我還要到學校。
他下車時，身體會稍微往右傾斜，先讓右腳接觸地面，等站穩後，
左手腋下夾著枴杖、右手扶著車後座，左腳再離開車。
這幾天他一直是這麼下車的，動作不太順暢時我才會幫他一把。

「喂！」榮安的右腳剛接觸地面，右手突然猛拍我肩膀，「你看！」
順著他平舉的枴杖往左前方一看，視線只搜尋兩秒，
便在 20 公尺外電線杆旁，看見葦庭。
她好像是被從某戶院子裡探出頭的黃花吸引住目光，於是駐足觀望。

我楞楞地看著她。

原本以雙腳和坐在座墊上的屁股穩住機車重心，但不知不覺站起身，

屁股離開座墊後，機車失去重心，向右傾倒。

「啊！」榮安大叫一聲，因為他的右腳才剛站穩，左腳尚未離開車子。

幸好他的反射動作夠快，右腳單足往後彈跳。

可是彈跳了三下後便失去重心，一屁股往後坐倒在地上。

「唉唷！」他又叫了一聲。

機車摔落地面的撞擊聲和榮安的呼叫聲，驚醒了葦庭。

她轉頭朝向聲音傳來處，正好與我四目相接。

她的眼神顯得很驚訝，甚至有些不知所措。

我也不知所措。

我和她只是站著對看，沒有其他的動作和語言。

倒地的機車引擎持續發出低沉的怒吼，只是聲音比平常微弱。

有多久了呢？已經過了多久了呢？

我到底有多久沒看到葦庭了呢？

一時之間忘了現在是何時，更忘了她離去的時間點。

直到榮安掙扎著站起身，然後走過來低下身把機車熄火，

這個突然消失的聲音反而弄醒了我。

我轉頭看了榮安一眼，問：『沒事吧？』

「還好。」他笑了笑，並試著把機車扶起。

他的左腳無法當施力時的支撐點，因此試了兩次都沒成功。

『就讓它躺著吧。』我淡淡地說。

榮安看了我一眼，沒多說什麼，便拄著枴杖走到家門，開門進去。

我移動一下腳步，右小腿肚傳來一陣痛楚，可能是機車倒地時刮傷了。
顧不得腿上的疼痛，蹲下身把機車扶起，只覺得機車比平常重。
用盡吃奶的力氣扶起機車，放下支撐架，讓它先站穩。
「還好嗎？」葦庭說。
一轉頭，葦庭已來到跟前。
『妳問的是車子？』我說，『還是人？』

「說真的。」葦庭又問，「你還好嗎？」
『說真的。』我回答，『我還好。』
本來雙方都處於一種極度尷尬與陌生的狀態，
但同時說了以前的口頭禪後，似乎又帶回來一點熟悉的感覺。

『妳怎麼會在這裡？』我問。
「今天跟同事到台南出差，剛辦完事，我便一個人走走。」她說。
根據以前上《性格心理學》所獲得的知識，如果她用「到台南」而非
「回台南」的字眼，那就表示台南對她而言，並不是類似家的感覺，
起碼可說已不再那麼熟悉。
我突然很感慨，不知道該說什麼。

「你住這？」她指著剛剛榮安進去的門。
『嗯。』我點點頭，『我搬進這裡後三天，妳便到台北工作。』
「哦。」她微微沉思，「那你也住了三年多了。」
『是嗎？』
「怎麼你連自己住多久都不曉得呢？」
葦庭笑了笑，笑容雖甜美，卻帶點客氣的成分。

我開始在心裡計算著有多久沒見過她的笑容。
要升上博一之前的七月搬進這裡，要升上博二之前的八月我們分手，
現在是我念博四上學期的十月，這樣算起來的話……
『原來已經兩年兩個月了。』我嘆口氣說。
葦庭先是一愣，然後低聲說：「是呀。」

我們不知道該聊什麼話題，只好沉默。
我覺得杵著不是辦法，邀她進家門也很唐突；
但若就此道別，我擔心往後的日子裡會有悔恨與遺憾。
天人交戰了一番後，我說：『妳待會有事嗎？』
「嗯。」她點頭說，「七點還有一個飯局。」
『現在才五點，』我看了看錶，『我們到安平海邊看夕陽好嗎？』
她沉吟一會後，說：「好。」

正準備掏出車鑰匙發動機車時，聽見她說：「有件事我想先說。」
『什麼事？』我問。
「我們很久沒見面了，或許會有很多話想聊聊。」她看了我一眼，
「但就只是聊聊，希望……希望你不要有過多的聯想。」
她說完後，臉上有歉然的笑。
我心裡重重挨了一記悶棍，下意識握緊手中的鑰匙。

鑰匙微微刺痛手心時，我猛然想起葦庭是選羊的人。
她這麼說是不希望我因為她答應一起看夕陽而產生可能復合的念頭，
於是先把話說清楚以避免我失望甚至再度受傷。
我能體諒葦庭，也知道這是選羊的人的善意。

但不管我是否存在著一絲想復合的奢望，她這麼說都會刺傷我的自尊。
雖然我選的是孔雀而不是老虎，可是我仍然有強烈的自尊心。

自尊被刺痛後，心裡反而坦然，這才想起有件事要把它完成。
『請妳稍等一下，我去拿個東西。』
我開門進去，跑步上階梯，直接到樓上的房間。
榮安正躺在床上看書，發現我突然闖入，嚇了一跳。
我整個身子趴下，視線先在床下搜尋一番，再伸進右手拿出一個袋子。
榮安張大嘴巴欲言又止，我沒理他，拿了袋子便往樓下跑。

我將那袋子放入機車的置物箱，發動車子。
「我該怎麼坐呢？」她沒上車，表情有些為難。
『怎麼坐？』我瞥見她穿了條裙子，便說：『就直接側坐啊。』
「可是在台北側坐要罰錢。」
『大姐，這裡是台南。』我說，『而且妳以前也常側坐。』
「哦，我都忘了。」她笑了笑，「上台北後，就沒坐過機車了。」
說完後，她上了車，用右手手指輕輕勾住我褲子上的皮帶環。

機車起動後，她問我剛剛為什麼叫他大姐？
我笑了笑說沒什麼，只是順口而已。
可能因為我是選孔雀的人，當知道再怎麼表現都無法挽回她時，
於是無欲則剛，反而更自在隨性地面對她；
而她是選羊的人，為了避免我自作多情，於是處處小心翼翼保持距離。

就以現在而言，她只用一根手指頭勉強保持與我之間的接觸。
先不說當我們是男女朋友時，她總是從後座環抱著我的腰；

即使是第一次載她時，起碼她的右手還會搭在我右肩上。

我在心裡嘆了口氣，說：『到了。』

「謝謝。」她說。

然後她左腳踩著排氣管當支點，右腳輕輕落地。

腦海裡清晰浮現第一次跟她來時，她跳下車、快步奔向沙灘的情景。

雖然之前總共來過五次，從來沒有一次看到夕陽，但她仍會除去鞋襪，

在沙灘上赤足行走，並任由海浪拍打腳踝和小腿。

我瞥了她的腳一眼，她蹬著一雙鞋跟並不算低的黑色皮鞋，

小腿裹了淡茶色的絲襪，這樣大概不可能會再除去鞋襪吧。

沙灘依舊被海水弄成深淺兩種顏色，她踩在淺色的沙灘上，踏步甚輕，

生怕不小心弄髒鞋襪。

『終於看到夕陽了。』我轉頭朝向西邊，海上的夕陽一團火紅。

「是呀。」她也轉頭，「終於看到夕陽了。」

是啊，看到夕陽了，然後呢？會覺得浪漫嗎？

感情若不在，費盡心思摘下來的星星大概也不會閃亮。

「你的學業如何？」葦庭問。

『還過得去。』我說，『妳呢？工作順利嗎？』

「剛開始到台北時不太適應，現在好多了，也漸漸有了成就感。」

『恭喜妳。』

「謝謝。」她笑了笑，「那你其他方面嗎？」

『其他方面？』

「我現在有男朋友。」她看我似乎不懂她的意思，便又開口。

『喔。』我說，『如果是這個意思，我現在沒女朋友。』

「都沒對象嗎？」她問。

『目前還沒。』我說。

「為什麼不找呢？」

『課業太忙。』

「可是……」

『妳還是喜歡追問一連串的問題。』我打斷她，『這種問題對妳來說，
　難道有特殊的意義嗎？』

她楞了一下，然後說：「對不起。我沒別的意思。」

雖然有些不高興，但我突然想到：

在今天的重逢中，我發覺她每一方面或多或少都變了；

唯獨不太識相地追問問題的方式，竟然跟我們第一次交談時相同。

想不到我反而因為這種被惹毛的感覺而找回當初的她。

越想越有趣，不禁露齒而笑。

她看我突然由不高興變成開心，可能覺得很納悶，便盯著我瞧。

『妳男朋友一定很浪漫吧。』我輕咳了兩聲，試著轉移話題。

「算是吧。」她說，「他曾在情人節送我九百九十九朵紅玫瑰。」

『真是大手筆。』我說。

「數量倒是其次，但他讓我覺得他很用心。」

『用心？』我將左手放在耳邊假裝講電話，『喂！請問是削凱子花店
　嗎？我是冤大頭先生。麻煩你送九百九十九朵紅玫瑰到某某公司，
　並附張卡片寫上：柳葦庭小姐收。錢我會再跟你們算。』

我放下左手，看了看錶後，說：『只要有錢，不用一分鐘就搞定了。』

她聽出我話中的刺，臉色一沉，說：

「或許你覺得我膚淺，但對收到這麼多朵玫瑰的我而言，我很開心，
　也覺得他很用心，這就夠了。」

『如果有個人花了一個星期時間，剪了九千九百九十九張9公分長、
　4公分寬的紅色卡片，並在卡片寫上：玫瑰花。妳覺得他用心嗎？』

「嗯。」她點點頭，「這樣當然很用心，而且也很浪漫。」

『與九百九十九朵紅玫瑰相比呢？』

「這不能相提並論。不過若是我收到那些卡片，會多了份感動。」

『是嗎？』我說，『妳確定？』

「我確定。不過這個人一定不是你，你從來就不浪漫，一向都是。」

她說「一向都是」時，甚至加強了語氣。

『是因為我是選孔雀的人嗎？』

她沒回答；但也沒否認。

我以跑百米的速度衝到機車旁，拿出那個袋子，再跑回她身旁。

打開袋子，右手伸進去抓了一大把，然後灑向天空。

一張張紅色小卡片在空中慢慢飄落，葦庭的眼神顯得很驚訝。

『這裡總共有九千九百九十九片，我花了一個星期完成，本來打算在
　三年前的情人節送妳的。』我一面說，一面伸手抓卡片，灑向天空，

『我買不起九千朵玫瑰，只好用紅色卡片代替，我知道這樣很天真，
　甚至是愚蠢，但我只想讓妳知道我的用心。』

我越說越急，越抓越多，越灑越快，隔在我和她之間已是一團紅影。

葦庭始終站著不動，大約有十幾張卡片安穩地落在她的頭髮和身上。

孔雀森林

有時從空中、有時從地下、有時從頭髮、有時從身上，
她或拿或抓或撿了一張又一張卡片，一次又一次看著上面的字。
然後她看著我，我發覺她的眼裡有淚光，於是我停止所有的動作。
當空中飛舞的最後一張卡片落地後，她終於淚如雨下。

我低頭看了看袋子裡，大概還剩下幾十張卡片。
雙手抓起最後這些卡片，背對著她，轉身面對即將沉沒的夕陽。
仰起頭，張開雙臂，用力灑向天空。

在那一瞬間，我覺得我好像一隻正在開屏的孔雀。

🌲　🌲　🌲　🌲　🌲　🌲　🌲

夕陽下山後，我立刻載葦庭趕她七點的飯局。
一路上我們完全沒交談。
上車前她眼角還掛著淚；到達餐廳時眼睛雖微紅，但不再有淚光。

看了看錶，才六點半，但我覺得氣氛沉重得讓我一分鐘也待不住。
我說了聲保重，她回了聲你也是。
沒有不捨、惆悵、繾綣或其他足以令人覺得蕩氣迴腸的告別語言。
頂多只有揮揮手吧，我想。

回到家時也還不到七點，榮安仍然躺在床上，看到我時又嚇了一跳。
『一起吃飯吧。』我說。
「我還是不要當電燈泡好了。」他說。
『沒有電燈泡，就只有我跟你。』我說。

他微微一楞，便起身跟我出去吃飯。

吃完飯，榮安找藉口待在樓上的房間，我一個人在樓下看電視。
右手拿著遙控器，頻道先遞增到 Maximum，再遞減到 Minimum。
然後周而復始。
直到眼睛有些睜不開，才關掉電視，走出房間來到院子。
樓上房間的燈熄了，榮安應該睡了吧。
我只猶豫三秒鐘，便跨上機車，往 Yum 的方向疾駛。

小雲看到我一個人走進來，不發一語直接坐在吧台左側角落。
「榮安又出事了嗎？」她走近我，小心翼翼地問。
『沒有啊。』我說，『他只是在睡覺而已。』
「哦。」小雲應了聲，表情有些古怪。

我心下恍然。
因為我總是和榮安來這裡，除了榮安住院時以外，但也只有那麼一次。
所以小雲看我這次又獨自一人，才會認為榮安可能又出狀況。
『我要跟榮安說妳詛咒他出事。』
「你別想再敲詐我。」她笑了笑，「還是喝咖啡嗎？」
我搖搖頭，然後說：『我想先問妳一個問題。』
「你問吧。」

『妳還記得妳跟我說過的麻省理工學院索拉波的研究嗎？』
「當然記得。」她說，「他的結論是：當兩個完全陌生的人碰在一起，
　結果發現彼此有共同認識的朋友，並沒有想像中困難。」
『如果曾經熟識後來卻變陌生的兩個人，不小心重逢的機率是多少？』

「我不知道。」她想了一下,「不過這機率應該也是比想像中要高。」
『我想也是。』

「為什麼問這個問題?」
『我今天碰到妳學姐柳葦庭了。』
小雲嚇了一跳,不僅沒接腔,也不知道要作何反應。
『我要一杯Gin Tonic。』我說。
「好。」她說。

小雲調好一杯Gin Tonic放在我面前,笑了笑後便退開了。
拿起杯子喝了一口,聽見有人說:「Gin Tonic是寂寞的人喝的酒。」
我轉過頭,又看到那位點Martini的男子。
『是啊。』我說。
他牽動嘴角,做出微笑的表情,可惜有些僵硬。
他嘴角附近的肌肉好像生鏽的鐵門,一旦拉動彷彿可以聽到軋軋聲。

在Pub的吧台邊,一位陌生的男子先跟你說話的機率是多少?
如果我是女的,機率一定很高。
但我是男的,所以機率應該很小吧。

我低頭默默喝著酒,Martini先生(姑且這麼叫他)也不再跟我說話。
本來以為胡思亂想一些機率的問題可以轉移自己的注意力,
可是機率跟統計有關,統計又跟葦庭有關,所以我還是避不了。
試著讓腦袋放空,但腦袋卻越放越重,壓得我抬不起頭來。
嘆了一口氣後,店內音響傳來的鋼琴旋律嘎然而止。

我緩緩抬起頭，小雲已站在我面前。

再環顧四周，店裡的客人竟然只剩下我一個人。

「想聽新鮮的鋼琴聲嗎？」她說。

『新鮮的鋼琴聲？』我很疑惑。

小雲走出吧台，到角落的鋼琴邊，背對著我坐了下來，掀開琴蓋。

試彈了幾個音後，便開始彈奏一首曲子。

旋律很輕柔，軟軟涼涼的，有點像正在吃麻糬冰淇淋的感覺。

一曲彈完後，她剛轉頭看著我，我立刻說：『Encore。』

她笑了笑，點點頭，又轉過頭去。

我又吃了另一個麻糬冰淇淋。

「我彈得如何？」

最後一個音還在空氣中遊蕩，她的手指尚未離開琴鍵，便問了一句。

『不好意思，我不懂鋼琴，只覺得很好聽。』

「這就夠了。」

她站起身，放下琴蓋。

『妳真是令人猜不透。』我說，『沒想到妳鋼琴彈得這麼好。』

「興趣而已，從小就喜歡彈。」她說，「不過很久沒彈了。」

『雖然很久沒彈，但妳不看譜還是可以彈得很好，真不簡單。』

她笑了笑，然後說：「我曾想過，如果有天我失去記憶，我應該會忘了
  所有的人和經歷過的事，但我一定還會彈鋼琴。」

『是嗎？』

「嗯。因為鋼琴不是存在於記憶，而是存在於靈魂和血液。」

她走進吧台內，邊磨咖啡豆邊說：「別喝酒了，我請你喝杯咖啡。」
我點點頭說謝謝。
「研究所畢業後，我做過本行的工作，前後共三個。」
她突然開這話題讓我覺得錯愕，但我仍然問：『後來為什麼不做了？』
「第一個老闆很器重我，但同事看我學歷高又是女生，便不能容我。」
『會這樣嗎？』我說。
「南部的人重男輕女的觀念很重，就像我的第二個老闆，他始終覺得
　女孩子念那麼多書幹嘛？我受不了這種歧視，沒多久便辭職了。」

『那第三個工作呢？』
「第三個老闆常升我的職，最後叫我做他的特別助理。後來他暗示：
　只要我當他的小老婆，就不用辛苦工作，要什麼有什麼。」
『這太過份了。』
「我想通了，不管再怎樣努力工作，別人也會認為我是靠美貌攀升。」
她把剛煮好的咖啡端到我面前，笑著說：「咖啡好了，請用。」

「調酒是我的興趣……」
『妳興趣還真多。』
「我是選馬的人，喜歡嘗試新鮮的東西。」她笑著說，「既然工作做得
　不開心，而我又喜歡自由自在不想看人臉色，乾脆就開了這家店。」
『開店得看客人的臉色吧。』
「我連老闆都不甩，」她笑得很開心，「又怎麼會在乎客人呢？」
我點點頭，笑了笑。
「這家店我想營業就營業、要休息就休息，還滿自在的。」她說，
「如果哪天累了或膩了，乾脆歇業或關門，好好去玩一陣子再說。」

『調酒師不好當吧？』我說。

「叫酒保比較親切。」她笑了笑，「我的專業技術還不太行，不過我很會
　跟客人聊天打屁哦。」

『如果客人點了妳不會調的酒，那該怎麼辦？』

「其實常被點到的雞尾酒大概只有二十種，而我自己背得滾瓜爛熟的
　雞尾酒有四十種，所以還可以應付。」她說，「萬一碰到白目客人
　偏要點稀奇古怪的酒，我就只好搬出法寶了。」

『什麼法寶？』

小雲把食指貼住嘴唇比出噓的手勢，然後眨了眨眼，彎下身去。

沒多久又起身，把一本書放在吧台上，書名叫：Bartender Handbook。

「這裡面有幾百種雞尾酒酒譜。」她小聲說。

『原來如此。』我笑了笑，『算妳行。』

「每次偷翻這本書時，都會讓我覺得回到學生時代哦。」她說。

『怎麼說？』我問。

「就像考試時偷看藏在抽屜裡的書呀。」

說完後，她呵呵大笑。我被她感染，也笑了起來。

我笑了許久，竟然覺得嘴巴有些痠，收起笑容，喝了口咖啡後，說：

『為什麼跟我說這些？』

「哪些？」

『存在於靈魂的鋼琴、差點成小老婆的工作、偷偷作弊的酒保等等。』

「想轉移你的注意力呀。」她說，「我成功了嗎？」

『很成功。』我說，『謝謝妳。』

她微微一笑，沒再說什麼，便開始收拾吧台。

我想我該走了，起身結帳時，她卻說：「有人幫你付了。」

『是誰？』我非常驚訝，『難道是Martini先生？』

「Martini先生？」她楞了一下，隨即露出微笑，「這樣稱呼他不錯，
　我也只知道他老是點Martini，其他一概不知。」

『他為什麼要請我？』

「不知道。」她聳聳肩，「只知道你真幸運，酒錢有人幫你付，而我也
　請你喝咖啡。」

『可是我現在餓了。』我笑著說，『如果還有人請吃飯就更幸運了。』

門口突然傳來聲響，榮安竟然推門進來！

他走進來時，枴杖還被快闔上的門絆了一下。

『你怎麼來了？』我嚇了一跳，『還有，你怎麼來的？』

「搭計程車來的。」他把枴杖靠在吧台邊，找了位子坐下後，說：
「我看你這麼晚還沒回家，以為你在這裡喝醉了，所以來接你。」

小雲看了看我，露出詭異的笑，彷彿在說：你還嫌不夠幸運？

我也笑了笑，心頭暖暖的。

「我還包了個羊肉炒飯，你要吃嗎？」榮安說。

我又嚇了一跳，小雲似乎也嚇了一跳。

榮安搔了搔頭，呐呐地說：「我想你這時候大概會想吃羊肉吧。」

我果然是一隻幸運的孔雀。

Chapter 5

中國娃娃

※ ※ ※ ※ ※ ※

天氣開始轉涼了。

榮安的腳好了，又開始蹦蹦跳跳、莽莽撞撞，令人懷疑曾經受過傷。

在常去的 Yum 裡，偶爾會見到 Martini 先生。

而我跟葦庭大概就這樣了，不會再有新鮮的記憶產生；

除非那個索拉波又算出什麼稀奇古怪的機率。

我已經四年級了，也該認真準備畢業論文，我可不想念太久。

於是待在學校的時間變長了，坐在電視機前的時間縮短了。

但我和榮安還是常一起吃晚餐，偶爾他也會帶宵夜到研究室找我。

有次我和他到家裡附近一家新開的餐廳吃飯，一進門服務生便說：

「請問你們有訂位嗎？」

『沒有。』我說。

「這樣啊……」服務生露出猶豫為難的表情，說：「請在這稍等。」

然後他便往裡面走進去。

我和榮安低聲交談著沒想到這家餐廳生意這麼好的話題。

過了一會，服務生走出來對我們說：「請跟我來。」

我們跟在他身後前進，發現整座餐廳空蕩蕩的，還有近20張空桌。

正確地說，除了某桌有三個女客人外，只有我和榮安兩個客人。

「明明就沒什麼人，幹嘛還要問我們有沒有訂位？」榮安說，

「生意不好又不是多丟臉的事。」

『這老闆一定是個選老虎的人。』我笑著說。

「沒錯。」榮安也笑著說，「只有選老虎的人才會這麼死要面子。」

『是啊。』

說完後心頭一緊，因為我突然想起劉瑋亭。

劉瑋亭畢竟跟葦庭不一樣，關於葦庭，我雖然會不捨、難過、遺憾，
卻談不上愧疚。

可是我想起劉瑋亭時總伴隨著愧疚感，這些年一直如此，

而且愧疚感並未隨時間的增加而變淡。

當一個人的自尊受傷後，需要多久才會復原？

一年？五年？十年？還是一輩子？

如果這個人又剛好是選老虎的人呢？

這頓飯我吃得有些心不在焉，跟榮安說話也提不起勁。

榮安沒追問。

或許他會以為我大概是突然想起葦庭以致心情陷入莫名其妙的谷底。

我也不想多做說明。

吃完飯後，我到研究室去，有個程式要搞定。

11點一刻，榮安打電話來問我有沒有空？

『幹嘛？』我說。

「帶你去個地方玩玩，散散心。」他說得神秘兮兮，「不是Yum喔。」

『我在改程式，需要專心，而不是散心。』我說。

榮安又說了一堆只要一下下、明天再改不會死之類的話。

我懶得跟他纏，便答應了。

20分鐘後，榮安和一個叫金吉麥的學弟已經在校門口等我。

金吉麥學弟小我一屆，其實他不姓金、也不叫吉麥，金吉麥只是綽號。
他曾在系上舉辦過乒乓球賽，並命名為：金吉麥盃。
因為「金吉麥」實在很難聽，大家便讓他惡有惡報，開始叫他金吉麥。
我與葦庭對打的那次系際盃乒乓球賽，金吉麥也有參加。

金吉麥很親切地跟我說聲：學長好，然後請我上車。
原來是他開車載了榮安過來。
在車上我們三人聊了一會，我才知道他現在和榮安在同一個工地上班。
「學長。」金吉麥對我說，「帶了很多張一百塊的鈔票了嗎？」
『什麼？』我一頭霧水。
「我這裡有。」榮安搶著說，「先給你五張，不夠再說。」
說完後榮安數了五張百元鈔票給我。
「到了。」金吉麥說。

下了車後，我發現方圓五十公尺內，沒有任何招牌的燈是亮的。
這也難怪，畢竟現在的時間大概是 11 點 50，算很晚了。
我們三人並排成一線向前走，金吉麥最靠近店家，我最靠近馬路。
只走了十多步，金吉麥便說：「學長，在這裡。」
我停下腳步，看見他左轉上了樓梯，榮安則在樓梯口停著。
往回走了兩步，也跟著上樓梯，榮安走在最後面。

樓梯只有兩人寬，約 30 個台階，被左右兩面牆夾成一條狹長的甬道。
濃黃色的燈光打亮了左面的牆，牆上滿是塗鴉式的噴漆圖案。
說是塗鴉卻不太像，整體感覺似乎還是經過構圖。
爬到第 13 階時，發現牆上寫了四個人頭大小的黑色的字：中國娃娃。
還用類似星星的銳角將這四個字圍住，以凸顯視覺效果。

正懷疑中國娃娃是否是店名時，隱約聽到細碎的音樂聲。

我抬頭往上看，金吉麥正準備推開店門，門上畫了一個金髮美女，
鮮紅的嘴唇特別顯眼，神情和姿態像是拋出一個飛吻。
門才剛推開，一股強大的音樂聲浪突然竄出，令人猝不及防。
我被這股音樂聲浪中的鼓聲節奏震得心跳瞬間加速，幾乎站不穩。
榮安在後扶住我，說：「進去吧。」

裡面很暗，除了一處圓形的小舞台以外。
舞台的直徑約兩公尺，離地20公分高，一個女子正忘情地擺動肢體。
舞台上方吊著一顆球狀且不斷旋轉滾動的七彩霓虹燈，
映得女子身上像夕陽照射的平靜湖面，閃閃發亮、波光粼粼。

我們在嘈雜的音樂聲中摸索前進，聽不見彼此的低語。
終於在一張小圓桌旁的沙發坐下後，我才聽見自己略顯急促的呼吸聲。
四周散落十來張大小不等的桌子，形狀有方也有圓，排列也不規則。
但桌旁配的一定是沙發，單人、雙人、多人的都有。
就以我們這桌而言，我坐單人沙發，榮安和金吉麥合坐雙人沙發。
我們三人呈反 L 字形坐著，榮安靠近我，金吉麥在我右前方。

音樂暫歇，女子甩了甩髮，露出嫵媚的笑。
有幾個人拍手但掌聲並不響亮，混雜在其中的幾聲口哨便格外刺耳。
10秒後，音樂又再響起，女子重新舞動。
榮安推了推我肩膀，然後靠近我說：「先點飲料吧。」
我一看 Menu 便嚇了一跳，連最便宜的泡沫紅茶竟然也要180塊。
『這裡的泡沫紅茶會唱歌嗎？』我說。

「不會。」

我循聲抬起頭，一個穿著藍色絲質衣服的女子正盯著我。
她的頭髮不長也不短，劉海像珠簾垂在額前，卻遮不住冰冷的眼神。
在意識到她為什麼站在我身旁之前，只覺得她的臉蛋、頭髮、身材、
衣服等都充滿柔軟的味道，可是身體表面卻像裹了厚厚的一層靜電。
若不小心接觸這保護層，便會在毫無防備下被突如其來的電流刺痛，
甚至發出嗶剝的爆裂聲。

「你到底要點什麼？」她說。
我終於知道她只是服務生，而且剛剛那句「不會」也是出自她口中，
不禁覺得尷尬，趕緊說：『泡沫紅茶。』
說完後下意識搓揉雙手，緩解被電流刺痛的感覺。

金吉麥看了看錶後，笑著說：「這個時間剛好。」
我也看了看錶，剛過12點，正想開口問金吉麥時，音樂又停了。
這次突然響起如雷的掌聲，口哨聲更是此起彼落，
而且每個口哨都是又尖又響又長，似乎可以刺穿屋頂。
跳舞的女子在掌聲和口哨聲中走下舞台，來到離舞台最近的桌子旁。

音樂重新響起，不知道從哪裡竟然又走出來三個女子，不，是四個。
因為有一個站上舞台，開始扭動腰臀；其餘三個則分別走近三張桌子。
先前的舞者離我最近，我看見她背朝我，正跨坐在一位男子腿上，
隨著音樂扭動腰、擺弄頭髮，背部露出一大片白皙。
而另三個走近桌旁的女子，也各自選擇一位男子，極盡挑逗似的舞著。
這四個女子的舞姿各異，但都適當保持與男子的肌膚接觸。

或跨坐腿上；或勾住脖子；或搭上肩膀；或貼著額頭。
而她們在初冬午夜時的穿著，都會讓人聯想到盛夏的海灘。

我感覺臉紅耳熱、血脈賁張。
榮安只是傻笑著，金吉麥則笑得很開心。
我彷彿走進了另一個世界，而這個世界中沒有語言和歌聲，
只有喧鬧的音樂、扭動的身影、詭異的笑容和劇烈的心跳。

有個黃衣女子往這裡走來，將一個很大的透明酒杯放在桌上。
杯子的直徑起碼有30公分，倒滿兩瓶酒大概不成問題。
不過杯子裡沒有酒，只有七八張紅色鈔票躺在杯底。
我略抬起頭看著她，她說：「要嗎？」
我不知道怎麼回答，轉頭看了看金吉麥，只見他猛點頭。

黃衣女子笑了笑，開始在我面前舞動起來。
她將雙手放在我頭上，隨著節拍反覆搓揉我頭髮、耳垂和後頸。
彷彿化身為聽見印度人吹出笛聲的眼鏡蛇，她的腰像流水蜿蜒而下，
也像藤蔓盤旋而上。上上下下，往返數次。
然後她停了下來，雙手搭在我肩膀，身體前傾，跨坐在我腿上。

從她舞動開始，我的肌肉一直是緊繃著，根本無法放鬆。
當她跨坐在我腿上時，我吃了一驚，雙手縮在背後做出稍息動作。
後來她甚至勾住我脖子，我的鼻尖幾乎要貼著她揚起的下巴，
而我的眼前正好是她豔紅的雙唇。
一股濃烈的脂粉香混雜少女汗水的氣味，順著鼻腔直衝腦門。
我的視線偷偷往上移，看見她眼睛朝上，額頭滲出幾滴汗水。

大約是20歲的女孩啊，也許還更小，一臉的濃妝顯得極不相稱。

我偷瞄她幾次，她的視線總是朝上，因此我們的視線始終無法相對。
這樣也好，如果視線一旦相對，我大概連勉強微笑都做不到。
只好試著胡思亂想去耗掉這一段男下女上的尷尬時光。
我突然聯想到，她好像是溺水的人，而我是直挺挺插入水裡的長木。
她雙手勾住我並上下前後舞動的樣子，
像不像溺水的人抱住木頭而載浮載沉？

「謝謝。」
她停止動作，離開我的腿，直起身時淡淡說了一句。
『喔？』思緒還停留在我是木頭的迷夢中，便順口說：『不客氣。』
「什麼不客氣！」金吉麥有些哭笑不得，不斷對我擠眉弄眼。
榮安拉了拉我衣袖，在我耳邊說：「給一百塊小費啦！」
我恍然大悟，趕緊從口袋裡掏出一百塊鈔票，放進她帶來的大酒杯中。
她沒再說話，逆時針繞著圓桌走了半個圓，到金吉麥面前。

我有脫離險境的感覺，略事喘息後，轉頭跟榮安聊天。
聊了一會後，我才知道這家店每晚12點過後，便有這種熱舞。
因為堅持著12點過後的規矩，再加上沒有明顯的違法情事，
因此轄區警察也不會來找麻煩。
「一百塊小費是基本，但你若高興，多給也行。」榮安說。
我瞥見金吉麥輕鬆靠躺在沙發上，右手還輕撫那黃衣女子的背。

穿藍色絲質衣服的女子將飲料端來，她對周遭一切似乎不以為意，
即使黃衣女子正坐在金吉麥腿上熱情舞動著。

反倒我覺得有些羞愧，不敢正眼看她。

她把飲料一一擺好後，便轉身走人。

喝了一口泡沫紅茶，味道很普通，跟一杯賣10元的泡沫紅茶沒啥差別。

「賞妳一百塊大洋。」

金吉麥將一百塊鈔票放進大酒杯，並笑著跟黃衣女子揮揮手。

「學長，放輕鬆啦。」黃衣女子走後，金吉麥笑著說：「這裡不算是
　色情場所，你不會被抓進警察局的。」

然後他說真正的色情場所，一般人消費不起卻又心存好奇，

所以這裡剛好提供給生活在光明裡的人一個接近黑暗的機會。

「如果你不要這種特別服務，說『不』就行了。」

聽到他這麼說，我才稍微安心。

看了看四周，有幾桌的客人看起來像是大學生模樣，甚至還有女生。

他們還滿悠閒自在的，似乎只是單純喜歡這種熱鬧、新鮮與刺激。

「嗨，你好。」一個紅衣女子走近我，帶著微笑。

『不。』我說，並搖搖頭。

「好嘛。」她昵聲撒嬌，「沒關係啦。」

『這……』我不知所措，眼神轉向金吉麥求援。

沒想到金吉麥反而笑著說：「我學長會害羞，妳要溫柔一點。」

女子嫣然一笑，放下一大一小兩個杯子在桌上，然後在我耳邊輕聲說：
「別緊張哦。」

不緊張才怪。

她不像先前的黃衣女子視線總是向上，她跳舞時始終直視著我。

如果我稍微偏過頭，她的雙手會捧著我臉頰，將我扳正朝著她。

孔雀森林

還好她並沒有跨坐在我腿上，我還不至於太緊張。
視線偷偷游移，瞥見桌上的一大一小兩個杯子。
大杯子的杯底躺了十多張鈔票，其中竟然還有幾張五百塊的鈔票；
小杯子是普通的茶杯，裝滿了四四方方的冰塊。

她突然停下來，從小杯子裡拿出一個冰塊，含在口中。
然後她跨坐在我腿上，雙手輕放在我肩上，臉慢慢貼近我。
被火紅嘴唇含著的白色冰塊，滑過我右耳、右耳垂、右臉頰後往下，
繞著脖子的弧度，經過喉結的高突，往上滑過左臉頰、左耳垂、左耳。
沿路上，我不僅感受到冰塊的冷，更感受到她鼻中呼出的熱。
而她嘴裡更不時含糊發出嗯嗯啊啊的聲音。

這就是她為什麼會拿到五百塊小費的必殺技嗎？
或許她認為這是種挑逗，但對我而言卻是折磨。
我渾身起滿了雞皮疙瘩。

她終於離開我腿上，將口中的冰塊吐在桌上，其實也只剩小冰角而已。
我不等她開口，立刻掏出一百塊鈔票放進大杯子裡。
她說聲謝謝，低頭又將桌上的小冰角含進口中，然後拉開我衣服領口，
將冰角吐進衣服內。
我嚇了一跳，突然覺得腹部一陣冰涼，趕緊拉扯衣服抖出那塊小冰角。
她咯咯笑著，視線轉向榮安。
「不。我怕冷。」榮安迅速站起身，「我要去上廁所。」
說完一溜煙跑掉。

「來這裡吧。」金吉麥說，「讓我的熱情融化妳的冰塊。」

紅衣女子笑吟吟地點點頭，走向金吉麥。

我整理好衣服，越來越覺得這地方真的不適合我，開始如坐針氈。

環顧四周，卻發現幾乎所有人都樂在其中；

除了站在吧台旁那個穿藍色絲質衣服的女子。

我不禁多看她兩眼，發覺她只是斜靠在吧台，視線雖偶爾會四處游移，

但沒有任何的人、事、物可以吸引住她的目光超過0.1秒。

震耳的音樂、舞動的女子，使這個空間的溫度升高、空氣也快速流動。

所有人都在動，即使只是單純聽音樂的人，手指也會跟著打節拍；

只有她，始終是冰冷的存在，一副天塌下來也與她無關的樣子。

她就像烏鴉頭上的白髮一樣突兀。

榮安從廁所回來了，我埋怨他不講義氣，竟然獨自溜走。

「沒辦法。」他說，「我不喜歡女孩子坐在我腿上動來動去。」

『那你為什麼帶我來？』我說。

「這地方是包商請我們來玩的，金吉麥那時也在。」榮安說，「我雖然

　不習慣這裡，不過看其他人都很開心，所以猜想你也會開心。」

我苦笑兩下，說：『所以你這次才拉金吉麥來壯膽？』。

「是啊。」榮安偷瞄了金吉麥一眼，「他在這種場合算是如魚得水。」

我也看了看金吉麥，但看不到他的臉，他的身影被一個綠衣女子遮住，

只能看到他放在女子腰部的雙手。

眼角餘光瞥見一個女子正站在桌旁，我慌張地站起身，猛搖手說：

『不。我不要。』

匆忙起身時大腿碰上桌子，杯子搖搖晃晃後倒了下來，發出匡的一聲。

「你做什麼？」她說，「我是來收杯子的。」

這才看清楚她是穿藍色衣服的女子，於是說：『我以為妳是……』
她剛彎身用手將杯子扶正，但聽到我的話後，立刻直起身子逼視著我，
冷冷地說：「是什麼？」

極度嘈雜的環境中，杯子撞擊桌面的聲音顯得微不足道。
但她說話的聲音和語氣，卻一字一句清晰地鑽進我耳裡。
我好像不只接觸她的靜電保護層，可能已經穿透保護層並冒犯了她，
於是她釋放出更高的電壓、更強的電流。
我覺得應該跟她說聲對不起，但卻開不了口。

她收拾好杯子，直接走開，不再理會依舊呆立的我。
榮安拉了拉我，讓我重新坐回沙發。
我靠躺在沙發上，靜靜看著舞台上舞者的扭動，偶爾轉頭跟榮安說話。
當任何想熱舞的女子近身三步時，我立即搖手搖頭並轉身以示拒絕。
榮安也是，只不過他的拒絕方式就是跑進廁所。
金吉麥似乎來者不拒，我轉頭看他時通常看不到他的臉。

「給點專業精神好不好，拜託。」
那是金吉麥埋怨坐在腿上的女子竟分心觀摩舞台上舞者的舞姿。
「同樣的招式對聖鬥士不能使用兩次！」
那是紅衣女子再度坐在金吉麥腿上時，他說的話。
金吉麥不斷送往迎來，各種顏色的女子都曾一親芳澤他的大腿。
到後來我乾脆連口袋剩下的三張百元鈔票也給他。

我們在午夜兩點離開中國娃娃，雖然外面天氣冷，但我覺得神清氣爽。
不知怎的，我想起那個心理測驗，便問金吉麥：

『你在森林裡養了好幾種動物，馬、牛、羊、老虎和孔雀。如果有天你必須離開森林，而且只能帶一種動物離開，你會帶哪種動物？』
「學長，這個我大學時代就玩過了。」他回答，「那時我選老虎，因為老虎最威猛，會讓我覺得最有面子。但是現在嘛，我會選別的。」

『你現在會選什麼動物？』我又問。
「孔雀。」他笑著說，「孔雀既高貴色彩又豔麗，如果帶在身邊的話，隨時隨地都會覺得賞心悅目。」
我腦海裡突然浮現幾年前打系際盃乒乓球賽時，他興奮地跟我說：
「學長，我們贏了，進入八強了！」
他那時候的笑容，跟剛剛女子坐在他大腿時的笑容，完全不同。

『你也選孔雀啊……』
我說完這句話後，試圖再多說點什麼，卻只能在心裡嘆一口氣。

ᵗ　ᵗ　ᵗ　ᵗ　ᵗ　ᵗ　ᵗ

這一年快過完了，新的一年即將來到。
過完耶誕後，舊的年便惹人嫌，所有人都迫不及待要送走它。
跨年夜當晚，我和榮安跑到 Yum 去倒數計時。
「10、9、8、7、6、5、4、3、2、1……」

「新年快樂！」
新年的第一個一秒鐘，我、榮安、小雲三人互相道了聲新年快樂。
每次過新年大家都說這句，再怎麼無聊的人也不會在新年說節哀順變。

「時間過得真快，」小雲說，「又是新的一年了。」

「是啊。」榮安點點頭，「我覺得小時候時間過得很慢，人長越大時間過得越快。」

『一年的時間，對三歲小孩而言，是他人生的三分之一。但對二十歲青年而言，卻是他人生的二十分之一。如果你已是七十歲的老人，那麼一年的時間只不過是你人生的七十分之一而已。』我頓了頓，『所以年紀越大，一年對他而言感覺越短，當然覺得時間過得越快。』

「很有趣的說法。」

我們三人聞聲後同時轉頭，原來是Martini先生開了口。

『謝謝。』我說，並朝他點點頭。

「新年快樂。」他舉起杯子，向我們三人致意。

「新年快樂。」我和榮安也舉杯回敬，小雲則只是掛著微笑說。

Martini先生今天又打了條領帶，領帶上畫了個女人。

我猜應該是畢卡索的畫，因為畫裡女人的臉蛋四分五裂，

滿符合畢卡索的特色。

很少看到領帶的圖案是用名畫製成，我不禁多看了那條領帶幾眼。

我突然想到，好像每次看到他時，他一定打了條領帶。

「新年到了，祝你學業有成。」小雲先對我說，然後告訴榮安：「祝你步步高升。」

她又轉頭跟Martini先生說：「祝你……」

「要押韻喔。」她還沒說完，Martini先生便插進話。

她笑了笑，想了一下後，說：「祝你跟你愛人，相愛到永恆。」

「謝謝。」他說。

「你有愛人吧？」小雲問。

「曾經有過。」他回答。

小雲可能有些尷尬，偷偷朝我伸了伸舌頭。

我暗自覺得好笑，沒想到她跟榮安一樣，一開口就說錯話。

「那我改祝你……」她又想了一下，「今年找到愛人跟你海誓山盟。」

「謝謝。」他終於笑了笑，「辛苦妳了。」

小雲臉上的表情像是鬆了一口氣。

「如果真的找到愛人的話……」Martini 先生舉起杯子，嘆口氣說：

「我只希望她不要再讓我等。」

他發現酒杯空了，說：「請再給我一杯 Martini，麻煩 dry 一點。」

小雲點了點頭，便開始為他調酒。

我思索 Martini 先生口中「愛人」的意思，是曾經有過的那個愛人？

還是另一個全新的愛人？

或許他覺得都無所謂，只要是一個不必等待的愛人就行。

那晚 Martini 先生待到很晚，當我和榮安離開 Yum 時，

他還留在吧台邊，一個人靜靜喝酒、抽菸。

新的一年對我們而言是一個新希望的開始，但對他而言，

似乎是另一種等待的開始？

過完新年沒多久，榮安便調到屏東的工地。

雖然從台南到屏東，火車的車程大約只有 1 小時 15 分，

但他已經不能像在新化工地時那樣，常常一下班便回到我這兒，

孔雀森林

然後隔天再從我這兒去上班。

他大概只能放假時來找我了。

我得習慣榮安不再三天兩頭出現在我面前晃來晃去；

小雲也得習慣我一個人跑去泡 Yum。

我跟自己相處的時間變多了，不小心養成自言自語的習慣。

有一天我爬到樓上的房間，重看一遍牆上的字，又看了那片落地窗。

忽然覺得窗外的樹好像在跟我說話，我走近落地窗，將右耳貼著窗。

『什麼？你想要我搬上來？』

『因為你希望可以常常跟人說話？』

『既然你這麼寂寞，那我就搬上來嘍！』

所以我搬到樓上的房間。

反正只是樓上樓下，而且又沒人催促，我便慢慢搬，一樣一樣搬。

不想拿走的通常是些小東西，包括那封情書，我通通塞進床底下。

那封情書曾被我藏進樓上的房間，榮安常來時，我又把它拿到樓下。

如今被丟入床下，命運算坎坷。

搬到樓上後的日子也沒什麼不同，倒是視野變好了、人也看得比較遠。

我很喜歡看著落地窗外的樹，也喜歡跟他（她？）說說話。

榮安第一次從屏東來找我時，看我搬進樓上的房間，著實嚇了一跳。

「你又遭受了什麼打擊？」他說。

我不想理他，只叫他以後都睡樓下。

春天剛來臨時，房東來拜訪我，這是我第二次看見他。

這些年來，我都是把房租直接匯進他銀行戶頭，彼此從不見面。

「咦？」他很驚訝，「想不到你搬到樓上了。」

我笑了笑，點點頭。

「你應該注意到牆上的字了吧？」他說。

『你也知道牆上有字？』我有些驚訝。

「嗯。」他點點頭，「以前我租給一個年輕人，他搬走後我便看到了。
　我希望那面牆保持原狀，便不再將樓上的房間租給人。」

『是這樣啊。』我說，『那我……』

「沒關係。」他笑了笑，「只要你不動那面牆，就可以繼續住。」

『其實我也在牆上寫字。』我有些不好意思，『但我用的是藍色的筆，
　以免跟原先黑色的字混淆。』

他哈哈大笑，拍拍我肩膀，只說了聲：「很好。」

臨走前，他主動將我的房租調降五百塊，並請我幫個忙，
幫他把樓下的房間租出去。

「房租大概是四千或四千五。」他說。

『咦？』

「如果來租的人你看得順眼，房租就是四千；如果你沒什麼特別感覺，
　房租就是四千五。」

我點了點頭，心想這房東真性格。

房子畢竟是房東的，而且這裡多住一個人也不會有多大的不便。

如果榮安來找我，跟我在樓上擠一擠就得了。

兩天後，我便寫好了十幾張租屋紅紙，貼在附近的佈告欄。

第三天開始，陸續有人來看房子，每當他們問我房租多少？

『四千五。』我總是這麼回答。

一個禮拜過去了，來看過房子的人都沒下文。
我倒是無所謂，反正房東也是抱著隨緣的態度，並不強求。
如果房間一直租不出去，我甚至還會覺得高興。
坦白說，樓下的房間是套房，還有小客廳和廚房，月租四千五算便宜。
四周的環境很好，又有院子，除了房子太老舊外，並沒有明顯的缺點。

貼完紅紙後十天，我從學校回來的途中，瞥見幾戶人家的花朵正綻放。
春天終於來了，我在心裡這麼說。
到了家門口，一個穿藍色衣服的女子背對著我，正站在門前。
我停好車，猶豫了兩秒，便從她身旁經過，拿出鑰匙準備開門。
「這裡是不是有房間要出租？」藍衣女子問。
『嗯。』我點點頭。
「我可以看一下嗎？」
我打開門，說：『請進。』

我領她到樓下的房間，開門讓她進去隨便看看。
然後我回樓上的房間把書本、研究報告放在書桌，再走下樓。
她已經站在院子裡，我有些吃驚。
「房間還不錯，而且這個院子我很喜歡。」她說，「房租多少？」
『四千五。』我說。
「很合理。」她說，「我租了。」
沒想到她會立刻決定，我毫無心理準備。

「這樓梯很有味道。」她說，「可以爬上去嗎？」

『當然可以。』我說，『我就住樓上。』

她爬了五層階梯，然後停下腳步，轉過身仔細打量著我。

我被她瞧得有些不自在，說：『如果妳覺得不方便，那……』

「沒什麼不方便的。」她淡淡地說，再瞥我了一眼後，繼續轉身上樓。

我覺得她講話的語氣好像聽過，眼神好像看過，而那張臉也有些眼熟。

她在樓上四處看看，見我房門沒關，便說：「可以參觀嗎？」

『請便。』我在樓下說。

她走進我房間，過一會出來說：「你到樓下房間想辦法敲天花板。」

『為什麼？』我很納悶。

「先別管。」她說，「就拿個掃帚之類的東西，用力敲天花板三下。」

我在院子找了隻木柄掃帚，進了樓下房間，以木柄敲天花板三下。

「敲了沒？」她似乎在樓上大聲叫喊。

『敲了。』我也大聲回答。

「用力一點。」她大叫，「再敲！」

我吸口氣，雙手握緊掃帚的木柄，用力敲天花板三下。

等了一會，沒聽見她說話，便大聲問：『好了嗎？』

「好了。」她說。

我走出房間，她也走出房間身體靠著欄杆，低頭看著我，說：

「聽過一首西洋老歌《Knock Three Times》嗎？」

『好像聽過。』我仰起頭說。

她心情似乎很好，開始唱起歌：

「Oh my darling knock three times on the ceiling if you want me

　　Twice on the pipe if the answer is no

　　Oh my sweetness ……」

唱到這裡，用手拍了欄杆三下，再接著唱：

「Means you'll meet me in the hallway

　　Oh twice on the pipe means you ain't gonna show」

她停止唱歌，說：

「這首歌是說男孩的樓下住了個喜歡的女孩，不過男孩並不認識她。
　　他唱說如果女孩喜歡他的話，就在天花板敲三下；如果不喜歡，就
　　敲兩下水管。敲三下表示他們可以在走廊見面，敲兩下的話……」

她聳聳肩，「男孩就可以死心了。」

從她唱歌開始，我一直仰頭注視著她，雖然納悶，但始終沒說話。

「我念高中時非常喜歡這首歌，心情不好時就喜歡哼著唱。」她說，
「沒想到這首歌描述的情形，竟然很符合我們這裡的狀況。」

『喔。』我應了聲。

「不過如果是你的話，」她說，「我大概會把水管敲壞吧。」

我又看了看她，越看越眼熟。

「就這樣吧。」她走下樓梯，「我會盡快搬進來。」

我突然很想知道她是誰、是哪種人，心裡莫名其妙浮現那個心理測驗。

來不及細想，便開口問她：

『妳在森林裡養了好幾種動物，馬、牛、羊、老虎和孔雀。如果有天
　　妳必須離開森林，而且只能帶一種動物離開，妳會帶哪種動物？』

她停下腳步，人剛好在階梯一半高的位置，說：「爲什麼問這問題？」

我有些心虛，說：『只是突然想問而已。』
她挺直腰桿，看了我一眼，然後說：「我選孔雀。」
我吃了一驚，楞楞地看著她。

「怎麼了？」她冷笑一聲，「你是不是也要根據這個心理測驗的結果，
　來認定我是貪慕虛榮、視錢如命的人？」
『不。』我一時語塞，『我……』
「這個心理測驗我也玩過，孔雀代表金錢，對吧？」她繼續走下樓梯，
「我被嘲笑很久，無所謂了。」

我終於認出她了。
她是中國娃娃裡，那個穿藍色絲質衣服的女服務生。
那時燈光昏暗，交會的時間又不長，所以對臉孔並未留下深刻的印象。
我想我現在會認出她，大概是因為那股似曾相識被電流刺痛的感覺。

她依然像烏鴉頭上的白髮一樣突兀，難怪我可以認出她。
而我對她而言，應該只是烏鴉身上的一根黑毛而已，
她一定不記得看過我。
不管怎樣，我們有個共通點：都是選孔雀的人。

「你剛剛說房租多少？」她站在院子問。
『四千塊。』我回答。
「是嗎？我記得你好像說四千多。」
『不。』我說，『就是四千塊。』
「好吧。」她說，「押金要多少？」
『不用了。反正我不是房東。』

　　她看著院子裡圍牆邊的花花草草，然後說：「春天好像來了。」

　　『是啊。』我說。

Chapter 6

右邊的石頭

✲ ✲ ✲ ✲ ✲ ✲ ✲

藍衣女子看完房子後，隔天便搬進來。
她搬進來那天我跟她只匆匆打個照面，便各自去忙。

院子裡多停放了一輛機車，應該是她的。
但即使機車在，她卻未必在樓下房間，這讓我有些納悶。
連續一個禮拜，只看到她房間亮著的燈，從沒碰過面。
我只知道她在中國娃娃工作，其他一無所悉，連名字也不知道。

隱約聽到咚一聲，像低沉的鼓音。
正懷疑聲音從哪傳來時，又聽到一聲咚，這次確定是從樓下。
走出房間，看見她站在院子，說：「聽見了吧？」
『嗯。那是什麼聲音？』
「敲天花板的聲音。」她晃了晃手中的掃帚，「這樣叫你比較直接。」
『有事嗎？』我問。
「嗯。」她點點頭，「可不可以麻煩你載我去車站坐車？」

我說了聲好，走下樓發動機車，瞥見她的機車就在旁邊。
心裡剛浮現為什麼她不自己騎機車到車站的想法，便聽見她說：
「我要到台北，明天才回來，如果騎機車去車站，還得付寄車費。」
『妳要坐火車？』她坐上車後座後，我問：『還是客運？』
「客運。」她回答，「車錢比較便宜。」
我載她到統聯客運，一路上她雙手抓著車後鐵桿，跟我保持距離。
「謝謝。」下了車後，她說：「讓我省了一趟計程車錢。」
她跟我講的這三句話都離不開錢，果然是選孔雀的人。

隔天晚上我從學校回來時，發現她房間的燈是亮的。

她可能聽到關上院子鐵門的聲響，在房間說：「你有空嗎？」

『嗯。』我在院子回答。

「能不能請你進來一下？」她說，「有件事想問問你的意見。」

我猶豫一下，便走進我曾經住過幾年但現在是她的房間。

房間充滿藍色的基調，除了床位沒變外，其餘都變了。

她盤腿坐在地上，面前攤開一個黑色包袱，上面擺了幾條牛仔褲。

旁邊還放了張灰色厚紙片，寫上：名牌牛仔褲特賣，一件190元！

我看她正瞧得專注，悄悄走到她身後站定。

「如果是你，你會買嗎？」她突然開口。

『不會。』我搖搖頭。

她轉頭看我正站著，招招手示意我坐下。

「昨天晚上我在台北鬧區擺攤賣牛仔褲，生意很差。」

她看我也盤腿坐下後，用解釋的口吻說著。

『就剩這幾件？』我說，『生意怎能說不好。』

「還有幾十件我放在台北，沒帶回來。」她說。

『喔。』我隨手拿起一件牛仔褲，說：『這真的是名牌嗎？』

「你說呢？」她笑了笑，語氣有些曖昧。

『如果一顆鑽石賣妳100塊，妳會買嗎？』我問。

「當然不會。」她說，「這種價錢不用看就知道是假的。」

『如果是1000塊呢？』

「嗯……」她說，「那應該會看一下。」

『所以妳賣不出去的癥結在價錢。』
「哦?」

我向她借隻筆,把灰色厚紙片上寫的190,加了一筆變490。
「490?」她有些好奇。
『嗯。』我說,『名牌牛仔褲也得一兩千塊,妳賣190人家一定以為
　是假貨;如果賣490的話,人家可能會覺得撿了便宜。』
她沉思一會後,說:「190都賣不出去了,490的話……」

『在台北鬧區走動的人,口袋飽滿、生性多疑,如果賣太便宜他們會
　覺得不屑,連看也不會看一眼,就像是100塊一顆的鑽石那樣。』
「真是這樣嗎?」
『嗯。賣490會讓人產生也許真是名牌牛仔褲的錯覺;而賣190只是
　擺明告訴人,妳只是想便宜地賣雜七雜八品牌的牛仔褲而已。』
她想了一下,說:「好。我下星期再上台北賣賣看。」

我覺得盤腿坐著腳有些痠,便站起身子,問:『妳在台北擺攤?』
「偶爾而已。」她說,「因為貨源在台北,而且台北也比較好賣。」
『那……』
「嗯?」
『沒什麼。』
我緊急煞車,因為覺得如果問她在中國娃娃的工作,應該是種冒犯。

「你是做什麼的?」她一面用包袱裹住牛仔褲,一面問。
『我還在念書。』
「什麼?」她很驚訝,停止手邊動作,「你這種年紀還在念書?」

『我在念博士班。』

「哦。」

她應了一聲，也站起身，把包袱收好。

「你念什麼的？」她又問。

『工程。』

「念工程的人應該很老實，怎麼你的想法這麼奸詐？」

『奸詐？』

「我用很低的價錢拿到這些褲子，只想便宜賣，有賺就好。哪像你，
　知道要抬高價錢來誘騙人。你念那麼多書，是要念來騙人的嗎？」

我無法回答這問題。

雖然我在《性格心理學》這門課中學到一點心理學的皮毛，

但我害怕我對金錢的敏銳度是來自選孔雀的本質，而非所學得的知識。

突然想到小雲也曾說我不太像學工程的人，不禁有些感慨，說：

『可能是因為我也是選孔雀的人吧。』

她微微一楞，不再說話。

「我姓李，叫珊藍。」她突然又開口，把語氣放緩後，接著說：

「珊瑚的珊、藍色的藍。」

『喔。』我應了聲，默唸一遍珊藍，好熟的音。

「你在想什麼？」

『珊藍？』我終於想到了，『妳會不會剛好有個妹妹，叫：淚下。』

「嗯？」

『因為有句成語叫：潸然淚下。』

我大概說錯話了，場面原本要轉熱，卻又變冷了。
說聲晚安後，走到她房間門口時，聽見她問：「你叫什麼？」
『我叫蔡智淵。智慧的智、淵博的淵。』我回頭說。
「哦。」她簡單應了聲。
我見她沒進一步的反應，便走出房間，爬回樓上。

從書包裡拿出幾本書放在書桌上，又聽到地板傳來咚咚兩聲。
我走出房間，倚著欄杆向下望，看到她站在院子說：「我想到了。」
『想到什麼？』
「你叫智淵。也就是說，如果你長『痔』瘡，並不『冤』枉。」
我有點哭笑不得，苦著臉說：『妳好幽默。』
她好像很高興，說聲晚安後就回房了。

坐在書桌前，回想這個在中國娃娃遇見的藍衣女子——李珊藍。
記得書上曾說孔雀僅有兩種，一種是藍孔雀；另一種是綠孔雀，
因此我不由得把李珊藍跟藍孔雀聯想在一起、影像重疊。
院子裡傳來機車的引擎聲，看了看錶，已經11點多。
她應該是準備要到中國娃娃去上班了吧？

我只要想到中國娃娃，便會憶起那股震耳欲聾的音樂聲浪，
心跳也瞬間加速。
雖然好奇她為什麼會在那裡工作，但卻不敢開口詢問，怕被電傷。
也許只是單純因為薪水高吧，畢竟她是選孔雀的人。
突然想到我曾誤認她是熱舞女郎，還欠她一句抱歉。
該怎麼還她呢？

那晚在書桌看些閒書，偶爾還去翻翻介紹孔雀的書籍和圖片。
圖片上的藍孔雀總是昂著美麗的頭、踏著優雅的步，神韻透著驕傲，
跟李珊藍的樣子倒還滿相似。
不過我也是選孔雀的人，卻一點也不像。
隱約聽到院子的鐵門開啓，看了看錶，快五點了，趕緊熄燈睡覺。

兩天後，剛從外面踏進院子時，正好碰到榮安。
「放假囉！」他很興奮，「想我嗎？」
我不想理他，把機車牽進院子裡停放好。
「新搬進來的那個女孩人怎麼樣？」他問。
『什麼怎麼樣？』
「漂不漂亮、個性好不好、有什麼嗜好、做什麼的……」
『我不清楚。』我打斷他，『只知道她是選孔雀的女生。』

榮安陷入沉思，過了一會才說：「你喜歡她嗎？」
『我不想回答無聊的問題。』
「找機會我看看她，幫你鑑定一番，包在我身上。」
他也不理我，自顧自地說著，還很得意地拍胸脯。
『其實我們都見過她了。』我說。
「是嗎？」榮安睜大眼睛。

『記不記得我們在中國娃娃碰到的那個女服務生？』
榮安想了一下，說：「沒印象耶。」
『那時我差點打翻泡沫紅茶，她不是……』
「我記起來了！」他打斷我，「就是那個看起來很冷很凶的女孩嗎？」
『嗯。』我點點頭。

「她在中國娃娃工作啊……」榮安欲言又止。

『是啊。』我說。

他又陷入沉思，我知道他在想什麼。

他一定覺得中國娃娃是個奇怪的場所，所以在那裡上班的女孩子……

「其實也無所謂。」榮安似乎想通了，笑了笑後，說：

「也許她是那種賣笑不賣身的女人，還是很適合你啦。」

正想罵榮安胡說八道時，背後突然傳來冷冷的聲音：

「你們以為我是那種賣笑不賣身的女人嗎？」

我和榮安轉過頭，李珊藍正走進院子，接著說：「不，我不是。」

她也把機車牽進院子裡停放好，走到房間門口，再轉頭朝我們說：

「我連笑都不想賣。」

我呆立許久，無法動彈。

渾身像剛接觸高壓的電流般，灼熱而刺痛。

☙ ☙ ☙ ☙ ☙ ☙ ☙

「原來你曾見過你現在的新室友呀。」

小雲端了杯咖啡，放在我面前，說了這一句。

「我也見過喔。」榮安插進一句。

「你們在哪裡認識的？」小雲問。

「一家叫中國娃娃的店……」

榮安還未說完，我拉了拉他的衣袖，阻止他往下說。

「中國娃娃？」小雲很好奇，「那是家什麼樣的店？」

『就是一家普通的 Pub。』我搶在榮安之前，趕緊回答。

「是嗎？」小雲疑惑地看著正在拉扯榮安的我。

「那家店並不普通。」Martini 先生突然插進話。

我兩手一軟，放開榮安。

小雲轉頭看著 Martini 先生，等他繼續開口。

Martini 先生今天又打了條領帶，藍底白條紋，非常樸素的花樣。

他喝口酒，繼續說：「那裡晚上 12 點過後會有熱舞。」

「熱舞？」小雲問。

「就是貼在男人身上跳舞之類的，不過舞跳完後要給小費。小費通常是
　一百，如果舞夠熱，兩百、五百也常有人給。」他頓了頓，又說：
「要對熱舞女郎揩油也行，只要小費多一點的話……」

『好了。』我急忙說，『解釋得夠清楚了。』

小雲大概知道意思了，目光掃過我和榮安，我和他都低下了頭。

「你去過嗎？」她又問 Martini 先生。

「我沒興趣，也沒心情去。」他說。

「那你們兩位呢？」小雲露出曖昧的笑，「去的理由是因為興趣？還是
　因為心情？」

我和榮安都覺得尷尬，又低下頭看著面前的杯子。

這晚小雲盡情地嘲弄我和榮安，似乎從中得到莫大的樂趣。

臨走前，她甚至還對我和榮安鞠躬哈腰，然後說：

「真不好意思，敝店沒提供熱舞服務，委屈您們兩位了。」

榮安又回屏東工地上班後，我天天都會遇到李珊藍。
有時我剛回來她要出去；有時她剛回來我要出去；
有時同時剛回來而在院子裡碰面；有時同時要出去而在階梯口擦肩。
但不管是哪種形式的不期而遇，我們都沒交談，氣氛詭異。

有一次我聽到垃圾車的音樂，右手急忙提了包垃圾跑下樓。
眼角瞥見院子邊還有包垃圾靠著牆，左手便順便提起。
才剛跨出院子，便聽到她在背後說：「你做什麼？」
『倒垃圾。』我回過頭說。
「把垃圾放下。」她說。
『爲什麼？』我說。
「那是我的垃圾，你憑什麼幫我倒。」

剛聽到時只覺得茫然不解，兩秒鐘過後，便覺得啼笑皆非、莫名其妙。
眼見垃圾車開始起動，我加快腳步，跑到垃圾車旁丟了那兩包垃圾。
倒完垃圾回來，只見她站在院子裡。
『順手而已。』我說。
「別以爲我會感激你。」
她說完後，直接轉身進房。
我覺得自己像是抓了老鼠的狗，而且還挨了貓一巴掌。

隔天晚上去參加一個大學同學的結婚典禮，榮安也從屏東趕來。
進到會場才剛坐定，右肩被拍一下，回頭看見一個西裝筆挺的人說：
「我還記得欠你兩千塊喔！不過我又忘了帶錢了。」
又是那個選孔雀的施祥益。

雖然早有可能遇見他的心理準備，但一看到他還是有強烈的不舒服感。

還好喜宴會場既熱鬧熟人又多，不用擔心要一直跟他應酬對話。

只是討厭他老說欠我兩千卻忘了帶錢這件事，而且言談之間還頗得意。

榮安大概也聽煩了，終於忍不住對施祥益說：

「你總有帶提款卡吧？」

「哈哈。」他更得意了，「我也沒帶提款卡，只有信用卡。」

「信用卡也行。」榮安不甘示弱，「隔壁是百貨公司，待會去買東西，
　就刷你的卡抵債。」

施祥益沒想到榮安會這麼說，楞了一下後，又乾笑兩聲說：

「不會剛好要買兩千塊的東西吧。」

「刷多了就退你錢，不就得了。」榮安說。

「我今天會早點走，可能沒辦法逛百貨公司。」施祥益說。

「不需要逛，他已經知道要買什麼了。」榮安轉頭跟我說，「對吧？」

我覺得這樣整施祥益很好玩，便點頭說：『對。』

他的臉微微漲紅，隨即東拉西扯，把話題岔開。

席中我去上洗手間，在洗手台遇到施祥益，正想隨便洗下手然後走人，
卻聽見他說：

「你在森林裡養了好幾種動物，馬、牛、羊、老虎和孔雀。如果有天
　你必須離開森林，而且只能帶一種動物離開，你會帶哪種動物？」

我沒回答，只是納悶他突然提起這個心理測驗。

「我記得你跟我都選孔雀。」他又說。

『對。』我說。

「其實太容易選擇了。」他眼睛直視洗手台前那面大鏡子，「選馬？

　　離開森林後只要有錢，買輛車就好，根本不需要馬。選老虎？被牠
　　吃掉怎麼辦？至於牛和羊，只能吃而已，一點用都沒有。」
他扭開水龍頭，洗淨雙手，然後甩乾手上的水。
「只有孔雀，既稀少又珍貴，才能襯托自己，也才會讓別人羨慕。」
『孔雀也是一點用途也沒有。』我說。
「你以爲鑽石除了名貴外，還能有什麼用途？」他哈哈大笑，
「名貴就是最大的用途！」

我不想再說話，連手也不想洗，轉身便走。他又說：
「你一定認爲我唯利是圖，所以看不起我吧？」
我吃了一驚，停下腳步回過頭，他對著鏡子用雙手小心翼翼梳理頭髮。
「我也看不起你。」他繼續說，「你留在學校念書，到後來還不是得離開
　　校園，然後追逐名利。其實我們都一樣，只是我坦白面對自己的欲望，
　　而你卻遮遮掩掩，既想得到虛榮又希望別人認爲你清高。」

我確定不想再聽下去了，轉身便離開。只聽到背後傳來：
「別忘了，我們都同樣是選孔雀的人。」
回到座位，舉起筷子夾菜，卻覺得筷子很沉，拿不太穩。

喜宴結束，榮安纏住施祥益，一定要他到隔壁的百貨公司。
榮安還拉了三個同學一道起鬨，不讓施祥益有脫逃的機會。
我一進百貨公司，便指著某化妝品專櫃正在特價的一瓶香水，說：
『這瓶賣 1990，我就買這瓶。剩下的 10 元就讓你賺吧。』
施祥益說了一堆下次他一定會還錢以及我又用不著香水之類的話。
『正如你所說，我們都同樣是選孔雀的人。』我打斷他，聳聳肩說：
『所以我現在一定要討回這筆債。』

他瞪了我一眼，我裝作沒看見。

施祥益悻悻然走後，我、榮安和其他三個同學在原地聊天。
「他上次叫我代包兩千塊紅包，到現在也沒還。」第一個同學說。
「我也是。下次我也要用這個方法把兩千塊討回來。」第二個同學說，
「不過我很好奇，這次又是哪個倒楣鬼兼笨蛋幫他代包紅包？」
只見第三個同學哭喪著一張臉說：
「我就是那個倒楣鬼兼笨蛋！而且這次是兩千八！」

我們五個互相取笑了一陣後便做鳥獸散，我回家，榮安回屏東。
回程中我不斷想：如果孔雀代表金錢，
那麼為什麼我對金錢的追求或重視程度不像是選孔雀的人呢？
或許金錢只是狹義的虛榮，廣義的虛榮可能還包括其他東西。
例如我目前所追求的學位，是否也屬於廣義的虛榮？

剛踏進院子，發現李珊藍正在院子中駐足，似乎若有所思。
我從她身後經過，打算爬樓梯回房間。左腳才踏上第一階，便回頭說：
『對不起。』
她沒回答，也沒反應，我的腳步停下，不知道該不該繼續爬。
過了一會，她淡淡地說：「為什麼說對不起？」
『上次在中國娃娃，妳來收杯子時，我以為妳是熱舞女郎，所以……』
我想了一會，直接說：『所以對不起。』

她哼了一聲，說：「如果我是熱舞女郎，你就不必說對不起？」
我微微一楞，沒有答話。她依然站在原地，身體和腳步都沒移動。
「你憑什麼看不起熱舞女郎呢？」她加強語氣，「憑什麼呢？」

『沒有……』我有些心虛。
「你們到心裡認為是不正當的場所去玩,」她終於轉身面對我,
「卻要瞧不起在那些場所工作的人,真是可笑。」
我覺得有些羞慚,答不上話。

「你看不起在中國娃娃工作的人,我也看不起去中國娃娃玩的人。」
她說完這句話後,便推開院子鐵門離開。
我楞了一會才回過神,一步一步慢慢爬回樓上的房間。

回到房間,躺在床上。
想起和施祥益、李珊藍的對話,不禁起了感慨:
原來孔雀不僅被人看不起,孔雀之間彼此也看不起。

模模糊糊睡著了,醒來後天已大亮。
漱洗完畢後下樓,右腳剛踏完最後一階,李珊藍也正好推開房門走出。
我見她提了我看過的黑色包袱,心想她大概又要去台北擺攤。
『妳要去台北嗎?』我問。
她看了我一眼,不情不願嗯了一聲。

『要不要我載妳?』我走到機車旁,『這樣可以省計程車錢。』
「我用走的,一樣可以省錢。」
她冷冷拋下話後,昂首走出大門。
我有些不高興,早知道當初應該說房租是四千五,而不是四千。
這天可能因為心情不好,在學校熬了一整夜,第二天中午才回家睡覺。

誰知道躺下沒多久剛看到夢鄉的入口時,便被地板傳來的咚咚聲弄醒。

我一肚子火，踢開棉被，劈里啪啦衝下樓。
我要跟她說清楚，請她用正常的方法叫我，不要老敲天花板。
如果她再這麼敲，哪天地板塌了，她自己去跟房東解釋。

我來到她房門口，房門半掩，我看見她正坐著。
她手裡拿著一小瓶東西，瓶身透明，只有手指大小。
我見她轉動把玩那瓶子，臉上洋溢著滿足的神情。
她看到我，說了聲請進，然後把那瓶東西輕輕放在桌上。
「我想要這瓶香水很久了，今天終於買了它。」她說。

『有事嗎？』我說。
「褲子賣光了。」她說。
『什麼褲子？』
「本來該賣 190 結果卻賣 490 的牛仔褲。」
『喔。』。
「我本來半信半疑，沒想到生意真的很好。」
她又拿起那瓶香水，似乎越看越喜歡，還遞給我觀賞。
我低頭看了看，很巧，跟施祥益買給我的那瓶香水是同一品牌。

「我真笨，竟然沒想到提高定價反而比較好。」她說。
『是啊。』我說，把香水還她。
她看了我一眼，說：「我說我笨，是謙虛。」
『我說妳笨，是誠實。』
她又打量了我一會，似乎納悶我竟然會取笑她。

「沒關係。」她聳聳肩，「我心情好，而且我要謝謝你。」

『怎麼謝?』

「這條牛仔褲給你。」她說,「我特地留了這條,你應該可以穿。」

『就這樣?』

「喂,一件要490耶。有個男的要買,我還不賣呢。」

『妳真有原則。』

我接過那件牛仔褲,深藍色直筒,腰身的尺寸正好是我的尺寸。

「我說過謝謝了嗎?」她說。

『算吧。』

「那我再說一次。」她說,「謝謝你。」

『不客氣。』我說。

我呼出一口氣,剛剛衝下樓的狠勁早已消失無蹤。

「我不喜歡別人因為我在中國娃娃工作,就認為我是隨便的女人。」

『我那次去中國娃娃,是被朋友帶去的,之前完全沒聽過這家店。』

「我只想多賺點錢,雖然我不喜歡那家店。」

『我去過一次後,就沒有下次了。』

「我罵你的口氣太重了。」

『我不該用異樣的眼光看妳。』

我們各說各話,幾乎沒有交集。

同時沉默了一會後,我們異口同聲說:

「對不起。」

這是唯一的交集。

當蟬鳴從房間落地窗外的樹上傳來時，我知道夏天到了。

以前住樓下時，從未在這裡聽過蟬鳴；
沒想到一搬上來，窗外樹上蟬的叫聲竟如此嘹亮。
聽到第一聲蟬鳴時，除了驚訝外，又突然想起劉瑋亭。
記得《性格心理學》最後一堂下課後，我奮力追出教室時，
接觸到她的最後一瞥。
那時覺得整個世界空蕩蕩的，只聽見身旁樹上的蟬鳴。

隨著天氣越來越熱，蟬越來越多，而且越叫越響。
窮學生沒錢在房間裝冷氣，只好打開落地窗吹吹自然風。
一到下午，只要第一隻蟬叫了第一聲，所有的蟬便不甘示弱跟著叫，
彷彿在比賽誰的氣足、誰的聲音嘹亮。
於是房間裡像是有一個小型交響樂團在賣力演奏，但旋律毫無章法。
我常常氣得朝窗外大喊：『你們一定要這麼不成熟嗎？』
但蟬們不為所動，依舊各唱各的調。看來這個夏天會很漫長。

我也漸漸多瞭解李珊藍一些。
知道她除了深夜在中國娃娃上班、偶爾到台北擺攤外，
她也在一家24小時營業的超市大賣場打工。
會知道這點是因為她有次拿超市過期的水果罐頭給我。

「才超過保存期限兩天而已。」她說。
『吃了不會死吧？』我說。
「了不起重傷，要死哪那麼容易？」她說。

我覺得這話好熟，後來才想起這是周星馳電影裡的對白。
因此我猜她大概喜歡看周星馳的電影。

這個夏天也特別熱，榮安來找我時，常熱得哇哇亂叫。
「看來只好講個冷笑話來降低一下溫度。」他說。
『我不想聽。』
「你猜猜看，」他不理我，繼續說：「水餃是男的還是女的？」
『我不想猜。』
「水餃是男的。」他說，「因為水餃有包皮。」
說完後他哈哈大笑，越笑越誇張，還笑岔了氣。

夏天的晚上在家裡待不住，我和榮安通常會出去晃。
當然最常去的地方還是 Yum。
小雲總會泡一壺酸梅湯請我們喝，酸酸甜甜的，很清涼消暑。

有天晚上小雲炸了盤雞塊請我們吃，我吃了一塊後抓抓嘴角的傷口。
「你嘴角怎麼了？」小雲問。
『這兩天熬夜，應該是上了火。』我說。
小雲立刻把放在我和榮安之間的雞塊移到榮安面前，然後說：
「那你要吃清淡一點的東西，少吃點肉類。」
我抗議說：『妳看過老虎熬夜後改吃素嗎？』

沒想到話題由老虎開始，七轉八轉竟然轉到劉瑋亭身上。
小雲對劉瑋亭很好奇，我簡短述說往事，反倒是榮安鉅細靡遺。
「都是我不好。」榮安說，「如果當初我查到的是柳葦庭就好了。」
『跟你無關。』我說。

「可是……」

『別說了。』我打斷榮安，『是我不夠坦誠，我應該一開始就告訴她情書寄錯了。』

我自以為是的善意選擇隱瞞，卻不知道這樣反而造成更大的傷害。

因為劉瑋亭應該會覺得我的將錯就錯是在同情她。

她是選老虎的人，怎能忍受這種同情？

甚至她會覺得是種羞辱。

想到以前跟柳葦庭在冰店的對話，不自覺嘆口氣說：

『如果我是選羊的人就好了。』

「這讓我想起一個故事。」Martini 先生突然開了口。

小雲和榮安同時轉過頭去異口同聲說：「什麼故事？」

「右邊的石頭。」Martini 先生說。

『右邊的石頭？』我也轉過頭。

雖然我們三人都直視 Martini 先生，但他仍不慌不忙清了清喉嚨，說：

「嘴巴有些乾。」

小雲見他眼光瞄向那壺酸梅湯，趕緊說了聲抱歉，然後倒了一杯給他。

他喝了一口後，說：「很好喝。」

「謝謝。」小雲笑了笑。

「有個人的右邊有顆很大很大的石頭，幾乎是像山一般大的石頭。」Martini 先生又喝了一口酸梅湯，「這個人很想爬上石頭頂端看上面的風景，可惜嘗試很多次都沒成功。最後他放棄了，只好往左邊走。但不管他走了多遠、看了多少美景，他依然念念不忘右邊的石頭，甚至

還會折返，再試一次。」

我等了一會，見他不再說話。便問：『然後呢？』
「沒有然後了。這個人的心中，將永遠存在著屬於右邊石頭的遺憾。
　他甚至會認為右邊石頭上的風景，可能才是最美的。」
Martini 先生看了我一眼，說：「你們剛剛提到的劉瑋亭，也許就是
　你右邊的石頭。」
我微微一楞，沒有答話。

「其實我和你一樣，都有右邊的石頭。但你可能是那種會在左右之間
　往返的人，而我……」Martini 先生說，「卻一直待在原地。」
「為什麼不往左邊走呢？」小雲插進一句。
「我如果不爬上右邊的石頭，就永遠不可能往左邊走。」
Martini 先生回答後，摸了摸他的領帶。

他今天打的領帶是綠色底白色圓點，看起來像是雪花飄落在草原。
這種圖樣跟現在的季節很不搭調。
我也注意到他偶爾會摸摸領帶結，甚至輕輕晃動領帶的下襬。
給人的感覺像是領帶很重，讓他的脖子有些不舒適。

這晚 Martini 先生走得早，留下一些疑惑給我們三人。
小雲的疑惑是：為什麼要說是右邊的石頭？而不乾脆說右邊的山？
我和榮安的解釋是：山比較好爬，但石頭可能光禿禿的，很難爬。
榮安的疑惑是：為什麼要說右邊？而不說左邊？
我和小雲很不屑地回答：有差嗎？右邊左邊不都一樣？還是得爬。
我的疑惑則是：為什麼劉瑋亭會是我右邊的石頭？

但我們三人都沒解答。

酷熱的日子裡，下雨便是難得的享受。
連續兩天的大雨，讓我悠閒地在家裡睡了兩天午覺。
第三天雨勢轉小，但不減我睡午覺的興致。
睡到一半時，好像聽見有人叫門，戴上眼鏡睜眼一看卻嚇了一跳，
一個渾身濕淋淋而且頭髮還滴著水的女子正站在昏暗的房門口。
我還以為是水鬼來索命。

看了第二眼後才發現原來是李珊藍。
『怎麼不是敲天花板呢？』我急忙從床上起身，『有事嗎？』
「我鑰匙忘了帶回來，被鎖在門外了。」
『妳看我的樣子像鎖匠嗎？』
「你有沒有備用鑰匙？」
『沒有。』我搖搖頭說，『我有的兩把鑰匙都給妳了。』

「原來你沒有備用鑰匙，怎麼辦呢？」
『找鎖匠啊。』
「另一把鑰匙放在房間內，怎麼辦呢？」
『找鎖匠啊。』
「房東又不住在台南，怎麼辦呢？」
『找鎖匠啊。』
「煩不煩呀。」她瞪了我一眼，「找鎖匠不用錢嗎？」

我恍然大悟，原來她又想省錢。
『還有個辦法，不過不知道是否行得通。』我說。

「眞的嗎?」她眼睛一亮。

我下樓到她房門口,拿張電話卡斜插進門縫,房門便應聲而開。

『這種老式的喇叭鎖很容易開的。』我說。

「太不安全了。」她說。

『是啊。』我點點頭,『這種鎖確實很不安全。』

她看了我一眼,說:「我是指你。」

『嗯?』

「這樣你不就可以隨時開我房門?」

『我幹嘛開妳房門?』

「你現在不就開了?」

『那是妳叫我開的!我沒事開妳房門幹嘛?』

「我哪曉得。」她說,「這要問你。」

『妳……』我覺得她有些不可理喻,『妳到底想怎樣?』

「除非你發誓。」她說。

『好。』我說,『我發誓,絕不開妳房門。』

「如果我又忘了帶鑰匙呢?」

『我發誓,除非妳叫我開門,否則我絕不開。可以了吧?』

「你還沒說如果違背誓言會怎樣。」

『我發誓,除非妳叫我開門,否則我絕不開。』我心裡有氣,沉聲說:
『如違此誓,別人永遠會說我是虛榮的孔雀,不會眞心愛我。』

我說完後,她便沉默了。

我不知道爲什麼這些話會出口,也覺得這樣講好像太重了,
於是也跟著沉默。

我看她髮梢還滲出水珠，便打破沉默：『妳趕緊進去吧，免得著涼。』
她嗯了一聲，便走進房間，關上門。
「喂。」我轉身走了兩步，聽到她開門說：「對不起。」
剛回過頭，房間也正好關上。
『我拿片木條釘在門邊，這樣電話卡就打不開了。』我隔著房門說。
「謝謝。」她也隔著房門說。

爬樓梯時，差點在濕漉漉的階梯上滑一跤。
回房間後，又開始納悶剛剛為什麼會發那個誓？
或許是我潛意識裡太介意別人對孔雀的偏見。
可是，真的是偏見嗎？

隔天終於放晴了，我不再有偷懶的藉口。
剛從外面踏進院子時，便看到李珊藍雙手放在背後神秘兮兮地走過來。
我用警戒的口吻問：『有事嗎？』
她露出古怪的笑容，雙手從背後伸出，手上拿著三個信封。
A4信封的蔡智淵、標準信封的柳葦庭、西式小信封的劉瑋亭。

我愣在當場，久久沒有反應。
「我整理房間時，在床底下發現的。我認為……」
她話沒說完，我回過神一把搶走那三個信封。
只猶豫了一秒鐘，便把它們都各撕成兩半。
輪到李珊藍愣住了。
我不等她回神，立刻衝到樓上房間拿出打火機，再衝下樓點火燒毀。

火光中，關於劉瑋亭與柳葦庭的記憶迅速在腦海裡倒帶一遍。
我靜靜看著紅色火焰吞噬紙張，紅色經過之處只留下焦黑，
偶爾也飛揚起紙灰。
火光熄滅後，我開始後悔自己這種莫名其妙的衝動。

「忘記了嗎？」她突然問。
『嗯？』
「關於這些的記憶。」她指著地上的焦黑。
『不。』我搖搖頭，『還記得。』
「所以說燒掉根本沒用。如果有用的話，這世界早就焦黑一片了。」
『算了。』我嘆口氣，『反正都燒掉了。』
「你當初花了那麼多心血寫情書，就這麼燒掉豈不可惜？」
『妳怎麼知道那是情書？』我提高音量。

「這……嗯……」她似乎發現說溜了嘴，「猜也知道。」
我瞪視著她，她只好又接著說：「我只看了一點點啦。」
『妳看到哪裡？』
「柯子龍。」
『那已經是信的最後了！』
「不好意思。」她勉強微笑，「文筆太流暢了，不知不覺便看完了。」
『妳……』
「往好處想，如果哪天你突然想知道信的內容，我還可以幫你溫習。」
我不想理她，拿起掃帚和畚箕掃除地上的黑。

掃完地，將掃帚和畚箕歸位後，正想上樓回房時，聽到她說：
「想跟我這隻虛榮的孔雀說說話嗎？」

我停下腳步轉身面對她，說：『爲什麼說自己是虛榮的孔雀？』
「我曾經有個男友，他說過我很驕傲又愛錢，簡直是隻虛榮的孔雀。」
雖然她說得很淡，但我相信她剛聽到時一定很受傷。
我的氣完全消了，向她走近幾步，問：『你們怎麼分手的？』

「我先男友……」
『是前男友吧。』
「我習慣叫先男友，這樣可以感覺到他已經死掉了。」
『妳好狠。』我忍不住笑了笑。
「我先男友跟我分手時說了個比喻：當你吃過水蜜桃，還會覺得橘子
　好吃嗎？」

『他暗示妳是橘子？』我說。
「嗯。」她說，「橘子雖好，但水蜜桃才是眞愛。而不顧一切追求眞愛
　則是他的宿命。」
『妳先男友也是選羊的人嗎？』
「嗯。」她點點頭，然後說：「也是？」
『我前女友是選羊的人。』
「要說先女友。」
『不，我希望她還活著。』
「你心地不錯。」她笑了笑。

地上還有一點燒過的痕跡，我們同時注視那裡，不再說話。
「談談你吧。」過了許久，她說。
我連從哪裡開始、要說些什麼都沒猶豫，直接從那封情書開始。
一直說到葦庭離開後，我在樓上房間的牆上寫字排解悲傷。

除了房東早已知道牆上有字，於是便跟他說我也在牆上寫字以外，
我從未跟別人提過牆上的字，連榮安也沒，更別說我也在牆上寫字了。
竟然把這種心事也說出口，我很納悶。

「你喜歡那個選老虎的劉瑋亭嗎？」她問。
『算喜歡吧。』我說，『程度還不清楚。』
「你說過後來你寫了幾封信去解釋，信裡有提到你喜歡她嗎？」
『沒有。』我搖搖頭，『我只是拼命解釋和道歉。』
「她應該也喜歡你，如果你告訴她你喜歡她，她就不會傷得更重了。」
『啊？』我很驚訝，『為什麼？』

「再多的解釋和道歉雖然可以說明你並不是有意欺騙，但卻間接告訴她，
　你跟她在一起只是在為你無心造成的錯誤善後而已。」她說，
「她是真心對你，你卻虛情假意，她能不傷心嗎？」
我心裡一驚，完全說不出話來。
「你最後一次在教室外追上她時，她心裡其實希望聽到你說喜歡她，
　可惜你還是只說對不起。」她嘆了一口氣，接著說：
「別傷女孩子的心，會下地獄的。」

我不確定我是否會下地獄，但我終於知道，劉瑋亭是我右邊的石頭。
從我傷了她的心開始，我右邊的石頭便出現了。

我楞楞地看著地上燒過的痕跡，陷入沉思。
過了一會，聽到她說：「好像要下雨了。」
我沒反應，依然看著地上的黑。
「哇！」她失聲叫著：「真的下了！」

我感覺雨點恣意地拍打我的全身上下，但我還是不動。

李珊藍回房拿了把雨傘，又衝進雨中作勢要遞給我。
我搖搖頭。
「拿著吧，又不用錢。」她說。
我右手接下傘。
「撐開呀！笨蛋！」她大叫。
我緩緩撐開傘，遮住頭上的雨。

雨已經夠大了，但地上遺留的那一團燒過的黑，依然黑得發亮。

Chapter 7

只是選擇而已

孔雀森林

🌲 🌲 🌲 🌲 🌲 🌲

熬過了酷熱的日子，涼爽終於來到。
但不管酷熱或涼爽，我和榮安還是喜歡泡 Yum。

「你知道爲什麼以前我要帶你來 Yum 嗎？」榮安問。
『沒想過這個問題。』我說。
「那時你剛失戀，」榮安突然放低音量，「我想介紹小雲給你認識。」
『是嗎？』我很疑惑地看著他。
「小雲很不錯、你也很好，如果能在一起就更完美了。」
『你想太多了。』我說。

小雲確實是不錯的女孩，親切隨和又善解人意。
但我對她沒特別的感覺，我相信她對我應該也是如此。
雖然她總會招待我免費的東西，在店裡也最常陪我聊天、談心事，
但不管我們靠得多近，都在朋友的界線內。

店裡常有人對小雲獻殷勤，試圖追求她，但她都不爲所動。
小雲是選馬的人，她這匹馬雖然看起來很溫順又漂亮，
但如果發現你想馴服她、駕馭她，她的野性便會出現。
我常看到試圖馴服她的人反而被摔得鼻青臉腫。

有次她拿張演唱會的門票給我，說是客人送她的。
演唱會當晚，我進到會場找到座位正要坐下時，聽見隔壁的男子說：
「你坐錯位置了。」
『沒錯啊。』我看了看票，又拿給他看，便一屁股坐下。

儘管整場演唱會台上熱鬧滾滾，而且還有個歌星在台上跌倒，
但我卻一直感受到隔壁傳來的冰冷目光和強烈的怨念。

又有次吧台邊一位客人對小雲幾乎是拼命邀約，但她始終笑著搖頭。
「那總可以請妳喝咖啡吧？」那人說。
「好呀。」她回答。
那人喜形於色，露出終於登上聖母峰的神情。
只見小雲走到咖啡機旁，煮好了兩杯咖啡，一杯給自己，一杯端給他。
「謝謝你請我喝咖啡。」她笑著說。
那人嘴巴大開，直接由聖母峰掉落萬丈深淵。
他臨走時，小雲還不忘提醒他要再多付兩杯咖啡錢。

還有一次有個客人先是吹噓自己是個電影通，然後邀小雲看電影。
「我只看恐怖片哦。」她說。
「這麼巧？」那人滿臉堆笑，「我也最愛看恐怖片呢。」
「我不信。」她說，「看恐怖片得過三關，你過了我才信。」
「別說三關了，三十關我也照過！」那人拍拍胸脯。
小雲嘴角掛著微笑擦拭吧台，突然身體迅速前傾，朝他大喊：「哇！」
那人嚇得幾乎從椅子上彈起，握著杯子的手一晃動，酒灑了大半。
「連第一關：突如其來的驚嚇都過不了，怎能看恐怖片？」她嘆口氣。

這些情景我和榮安都看在眼裡，而當他知道我和她之間並沒有來電後，
更對她到底喜歡什麼樣的男生覺得好奇。
「不過話說回來，」榮安說，「如果小雲連你都不感興趣，大概也很難
　喜歡其他男生了。」
「你這句話太貼切了。」我立刻舉起咖啡杯跟榮安乾杯。

「她該不會是……」榮安欲言又止。

『我想不會吧？』我也語帶保留。

「我不是同性戀。」

小雲突然冒出來說了這一句，我和榮安都嚇了一跳。

「在背後議論人是不道德的。」她又說。

我和榮安立刻說今天的酒很好喝、咖啡特別香醇之類的話來含混過去。

「我只是喜歡一個人自由自在，不想交男朋友而已。」她說。

『總該交個男朋友吧。』榮安說。

「想交的時候再說嚕。」小雲聳聳肩。

「可以請妳吃飯嗎？」吧台邊又有個不怕死的客人對小雲提出邀約。

「吃什麼呢？」她說。

「吃什麼都可以啊，隨便妳挑。」那人說。

「好呀。」她笑著說。

說完後，小雲掀開吧台後方垂掛的藍色簾幕，走進裡面的廚房。

要走進去前，她還轉頭朝我們眨眨眼。

我和榮安互望一眼，忍不住笑出聲。

小雲倒不是只要客人一邀約便整他，她整的都是一再邀約糾纏的人。

她對客人是親切的，甚至會主動攀談。

不過 Martini 先生是例外，小雲從不主動跟他聊天。

「他的臉上彷彿寫著：絕對不要打擾我的字眼。」小雲對我說，

「他是老客人了，但我只看過他主動跟你說話。」

『真的嗎？』我很好奇，『為什麼？』

「我也不知道。」小雲說，「可能你們有緣吧。」

也許我跟 Martini 先生算有緣，但真的跟我有緣的應該是李珊藍。

除了她剛搬進來那個禮拜我幾乎都沒遇見她以外，

之後的日子裡，我隨時隨地都會碰到她。

即使是不想碰到她、不該碰到她，也會碰到她。

地板又傳來咚咚兩聲，我嘆口氣，我正準備睡覺呢。

下樓到她房門口，看見地板上躺了幾件夾克。

「你覺得該賣多少錢？」她問。

我走進房間，說：『妳打算賣多少？』

「680。」她說。

我拿起一件夾克看了看後，說：『稍微低了一點。』

看到旁邊一張牌子寫上：名牌夾克特賣。

『夾克跟牛仔褲不一樣，這樣寫太籠統了，又沒創意。』我說。

「那該怎麼寫？」她問。

『就寫義大利進口高級夾克。』

「嗯。」她點點頭，「這樣確實比較好。」

『最好再加上 Vanpano。』

「Vanpano？」她很疑惑，「那是什麼？」

『義大利文啊。』我說。

「真有這牌子？」她說。

『我胡謅的。反正義大利文唸起來好像都是什麼什麼諾的。』

「你又要騙人了。」

『我是在幫妳耶！』我大聲說，『寫上 Vanpano 就更有說服力了。』

「我照做就是了，別生氣。」她笑著說。

「那定價要多少？」她問。

『嗯……』我想了一下，『980。』

「這種價錢不太好賣。」

『富貴險中求，賭一賭了。』我說，『記得要打扮一下，上點妝；也要穿漂亮一點、成熟一點，人家才會更相信這真是義大利名牌。』

「幹嘛要這樣？」

『妳會相信一個邋遢的小女孩賣的是高檔貨嗎？』

她猶豫一下，便點點頭。

『如果人家還是不相信這是義大利名牌，那就讓妳妹妹出來。』

「我妹妹？」她楞了一下。

『淚下啊。』

「別老講潸然淚下，很難笑。」

『抱歉。』我笑了笑，『只要妳一臉委屈、楚楚可憐，人家便不忍心懷疑妳。』

我又拿起夾克左看右看，突然說：『慘了，衣服內的商標會穿幫。』

「這簡單。」她笑了笑，「我會做 Vanpano 的商標別在袖口。」

『怎麼做？』

「這是商業機密。」

『沒想到妳也要騙人。』

「如果你已經搶劫了，在逃跑途中還會等紅燈嗎？」

我們笑了一會，不約而同離開房間走到院子，夜已經很深了。

夜風涼爽，四周寂靜，彷彿所有東西都睡著了。

『這種天氣還不太需要夾克吧？』我說。

「台北已經開始冷了。」她說。

『上台北前記得告訴我，我載妳去車站坐車。』

「嗯。謝謝。」

「如果賣得不錯，我會留一件給你。你喜歡什麼顏色？」她說。

『藍色。』我說。

「跟我一樣。」

『這是我的榮幸。』

她笑了笑，沒有接話。

我們靜靜站了一會，與周遭的環境融為一體。

『為什麼這麼拼命賺錢？』過了許久，我問。

「我的願望是存很多很多錢，然後過有錢人的日子一個月，即使只有
　三天也行。」

『然後呢？』

「錢花光了，就只好回到平凡的生活呀。」她笑了笑，「而且有錢人的
　日子不能過太久，習慣後會不快樂的。」

『怎麼說？』

「錢可以買到很多東西，所以對於錢不能買到的東西，比方快樂之類
　的東西，有錢人會更渴望。」

『快樂本來就難，窮人富人都一樣。』

「話雖如此，但有錢人的不快樂一定比窮人的不快樂更慘。」

『喔？』

「窮人不快樂時會覺得也許有錢後就會快樂了，心裡還有些安慰。但有錢人呢？他們連說這種安慰自己的話的權利都沒有，豈不更慘？」

『那妳為什麼還想當有錢人呢？』
「我不是想當有錢人，只是想過有錢人的日子。」
『這有差別嗎？』
「人不會飛，便想飛。但人只是想飛，並不是想變成鳥。萬一人真的變成鳥，反而會不快樂。」
我沒有答腔，陷入沉思。

她見我許久不說話，便說：「你很難理解我的願望嗎？」
『勉強可以理解。但妳辛苦許久賺來的錢一下子花光，不心疼嗎？』
「只要飛過，便值得了。」
『真的值得嗎？』
「鳥一天到晚在飛，一定不會覺得飛行是件快樂的事；但人只要可以飛三天，你想想看，那該是多麼快樂的三天呀！」
她說完後，露出自在的笑，這是我認識她以來，她最燦爛的笑容。

眉頭一鬆，我也笑了起來。算是終於理解，也算是一種祝福。
我們不再繼續這個話題，也覺得沒有其他話題值得破壞眼前的寧靜。
於是都保持沉默。
偶爾她輕聲哼著曲子，空氣中才有些微擾動。

一直到天色濛濛亮，我們才各自回房。

           ✤   ✤   ✤   ✤   ✤   ✤   ✤

兩個禮拜後，李珊藍給了我一件藍色夾克。

左手袖口上勾了張紙標籤，上面印著 Vanpano 和 Made in Italy。

『妳比我還會騙人。』我指著標籤上印著「＄4680」的小貼紙。

「送佛就要送到西呀。」她眨眨眼睛，透出一絲狡黠。

再一個月後，台南的天氣終於需要夾克。

我穿起這件藍夾克，發覺還滿好穿的，也滿好看，便總是穿著它。

於是它幾乎成了我這個冬天的制服。

這個冬天李珊藍除了賣夾克外，也賣褲子、毛衣、皮包等衣物及配件。

甚至是開運帽子之類的奇怪東西。

『開運帽子？』

「電視上那些命理大師不是常說穿戴某些東西可以招來好運嗎？」

她給了我一頂帽子，「這就是可以帶來好運的帽子。」

『妳以為羚羊戴上這頂帽子就不會被獅子抓到嗎？』我將帽子戴上。

「不要就算了。」她一把摘下我頭上的帽子。

我總是載她到車站坐車上台北，她回台南時也會打電話要我去載她。

除了在中國娃娃當服務生、在台北擺攤、在超市工作外，

她偶爾會有額外的工作，比方說當百貨公司化妝品專櫃的彩繪模特兒。

這個工作就是出一張臉，讓別人在臉上塗塗抹抹示範化妝品效果。

耶誕節前一個星期，她還在一家百貨公司扮耶誕老人。

『妳扮耶誕老人？』我說，『太瘦了吧。』

「人家要的是俏麗型的耶誕老人。」她說。

12月24號那天，在研究室明顯感覺到所有學生心情的浮動。
因為晚上便是耶誕夜了。對我這種曾經有伴再回復單身的人而言，
絕對是痛恨這種每逢佳節倍思親的日子。
受不了周遭的人不斷討論晚上做什麼、去哪過的話題，索性回家。

剛踏進院子，便看到地上擺了三大簍紅玫瑰。
正感到好奇時，聽見李珊藍說：「你回來正好。」
『有事嗎？』我說，『還有，為什麼會有這麼多紅玫瑰？』
「我要去成大附近賣紅玫瑰，幫我吧。」
『不好吧。成大附近認識的人很多，如果遇到，我會不好意思。』

「有什麼不好意思？」她說，「晚上就是耶誕夜了，很多男生需要花，
　我們賣花是在做功德耶。」
『功德？』
「平常一朵紅玫瑰賣十塊，現在起碼漲三倍以上，但我只賣20。你想
　想看，那些想買花的男生，一定感激到痛哭流涕。」

我還是猶豫不決，她又說：
「看在我常常從超市拿東西給你的份上，幫我賣花吧。」
『那些東西都是過期的。』我說。
「過期的肉不是肉嗎？難道過期的豬肉會變成蘋果嗎？」
『這……』
「不幫就算了。」說完她彎下腰抱起一簍紅玫瑰。
那竹簍有半個人高，她抱得有些吃力，我便說：『好吧，我幫妳。』

她選了校門口做擺攤地點，我暗叫不妙，那確實是最多人出入的地方。

生意很好，她忙著數花、包裝、結帳，我除了幫她數花外，
右手一直有意無意遮住眼睛，不想讓人看清我的輪廓。
看守校門的警衛走過來，雖然猜想是來趕我們走的，但心下反而慶幸。
「我要買五朵。」警衛說。
「好。」她回答。
我暗自嘆了一口氣。

「學長？」
我聞聲轉頭，是碩士班的學弟，他的表情像是在北極看到了猴子。
『……』我嘴巴大開，像是上岸的魚。
「既然是認識的人，那就打八折！」她說。
「太好了，我去叫其他同學來買！」
學弟拿了花就走。
我楞了好幾秒，才朝他背影喊：『千萬不要啊！』

「放輕鬆吧。」她說，「賣花有什麼好丟臉的？」
我答不上話，只覺得很不習慣像這樣拋頭露面。
吞了一下口水，呐呐地說：『買花的男生真多。』
「當然囉。」她說，「你以為其他男生都像你一樣，在卡片寫上玫瑰花
　來混過去嗎？女孩需要的是鮮花，會凋謝的花。」
『喂，別提這件事。』

「不過你能想到用這種方法來省下買花的錢，不愧是選孔雀的人。」
聽她這麼說，我倒嚇了一跳。
從選孔雀的那一刻開始，沒有人說我像選孔雀的人，她是第一個說的。
別人都認定我是孔雀，只是不像而已。葦庭就是如此。

我看著兩個空簍子和一個只剩不到四分之一的簍子，說：
『幸好快賣光了。』

「還有三簍。」她說。
『什麼？』我失聲大叫。
「生意實在太好了，我緊急再叫了三簍，沒想到還有貨。很幸運吧。」
『妳……』

六簍花賣得差不多時，天色已經灰暗，看了看錶，快六點了。
我們剛進家門，她說：「你也該買幾朵花送我吧。」
『為什麼？』我說。
「耶誕夜沒花的女孩很可憐耶。」
我看了她一眼，說：『我想睡覺，懶得再去買花了。』
「不用出去買。」她說，「這裡還剩下幾朵，一朵賣你十塊就好。」
『妳……』

「開玩笑的。」她突然笑得很開心，「我才沒那麼誇張。」
我鬆了一口氣，便瞪她一眼。
「剩下這幾朵花，你拿去送給喜歡的人吧。」
她把花包成一束拿給我，我算了算，共17朵。
「晚上不要太早睡。」她說。
『嗯？』
「總之別太早睡，還有節目。」她發動機車，「我先走了。」

我回到樓上房間，把那17朵紅玫瑰往書桌一擺，倒頭就睡。
在外面站了好幾個鐘頭，身心俱疲，我睡得很沉。

但睡到一半還是被門鈴聲吵醒，迷迷糊糊下樓打開門看到十幾個學生。

「我們來報佳音！」他們說。

說完他們唱起歌，我越聽眼皮越重，幾乎分不清哈利路亞和阿彌陀佛。

「耶誕夜會有奇蹟喔！」唱完後，一個黃頭髮的外國男生說。

他的中文不太流利，我把「奇蹟」聽成「雞雞」，不禁嚇了一跳。

再回去睡覺，醒來後已經快12點了。

戶外隱約傳來耶誕歌聲，更顯得屋內的安靜。

雖然平安夜以寧靜和平為幸福，但此刻的靜謐卻讓我透不過氣。

坐在床緣發呆了幾分鐘，決定找個吵鬧的地方。

這種日子的這個時刻，我所知道的可能有聲音的地方就只有 Yum 了。

一進到 Yum，果然如預期般，店內幾乎客滿，幸好吧台邊還有個空位。

「Merry Christmas。」

我才剛坐下，右邊傳來這一句。轉頭一看，是 Martini 先生。

『Merry Christmas。』我也說。

他今夜照例又打條領帶，圖樣是由一幅畫製成。

這次我認出來了，是畢卡索的名畫：《阿維儂的少女》。

小雲非常忙碌，將我的咖啡端過來時只說了聲耶誕快樂，便又去忙了。

店內很熱鬧，洋溢歡樂的氣氛。所有人高聲談笑，或暢快舉杯。

我和 Martini 先生像怕冷的南極企鵝，當所有企鵝在冰雪中玩樂時，

只有我們兩隻企鵝蜷縮在角落裡避寒。

身為南極的企鵝卻怕冷，我覺得很可笑，也有點可悲。

「有空嗎？」Martini 先生說。

『嗯？』

「我想說話。」他說。

『有空。』我回答。

「故事很長。」

『我有一整夜的時間。』

「念大學時，我有個女朋友。」

這是 Martini 先生的開場白。

然後他說些關於那個女孩的事，以及她的樣子。

他是個話很少的人，但敘述她的時候，卻顯得瑣碎甚至有點囉唆。

我安靜聆聽，不曾打斷。其實這段敘述的重點只有：

女孩大他兩歲、在一次聯誼活動中認識、她是世上最好的女孩、

他愛她，是一頭栽進不管死活的那種。

「一考上研究所，我很興奮，立刻跑去告訴她。」他喝了一口酒，

「但她用冷靜的口吻說：我還要念兩年研究所、當兩年兵、出社會後

　至少還要有兩年奮鬥才能小有經濟基礎。」

『她說這些做什麼？』我插進第一句話。

「意思是說：等我們真正能夠在一起時，最起碼也要等到六年後。」

『那又如何？』

「她25歲，六年後已經30多，不再年輕了。」

「我說我會很努力賺錢的，不念研究所也行。她卻一直搖頭。」

他點上一根菸，吸了一口後，說：「然後她說了個心理測驗。」

『什麼樣的心理測驗？』

「你在森林裡養了好幾種動物，馬、牛、羊、老虎和孔雀。如果有天

你必須離開森林，而且只能帶一種動物離開，你會帶哪種動物？」
我吃了一驚，沒有答話。

「你也玩過，對吧？」他看我點了點頭，便接著說：「她選牛。」
『牛？』
「她希望穩定，生活才會有重量，不會像生活在月球一樣。而只有她
　將來的另一半經濟條件夠、事業有基礎，她才會覺得穩定。」
『這點你做得到啊。』
「但至少還要六年。不是嗎？」
他捻熄了菸，靜靜看著面前的空杯子。

『然後呢？』我問。
「她說我們先分開，等六年後我事業有成，有緣的話就會再聚。」
『六年到了嗎？』
「去年就是第六年。」
『那她呢？』
「我們約在校門口碰面，在耶誕夜時。」他搖搖頭，「但她沒來。」
『她……』我接不下話。既然她沒來，想必他也沒遇見她。

「有沒有想過，也許那女孩並不夠愛你。」
小雲突然出現，問了一句。我嚇了一跳。
「無所謂，只要我夠愛她就行。」Martini 先生回答。
『現在這麼忙，妳……』我對小雲說。
「小蘭可以應付。」她笑了笑，「聽故事比較重要。」
小雲端來一杯酒放在他面前，說：「這杯 dry Martini，我請客。」
「謝謝。」他點點頭。

「也許六年之約只是分手的藉口。」小雲說。

Martini 先生臉上閃過一絲黯然，淡淡地說：「我不願意這麼想。」

「對不起。」小雲似乎不忍心，「我沒別的意思。」

「沒關係。」他說，「這些年來，我無時無刻不想她。剛開始的兩年，
　也就是我念研究所的時候最難熬，那時我常在牆上寫字。」

聽他這麼說，我聯想到房間牆上的字。

「當兵那兩年，我想了很多。或許是因為我看起來不夠穩重，所以她
　看不到未來。說來你們可能不信，我以前很邋遢，牛仔褲如果破洞
　還是照穿不誤，而且看電影逛街都穿拖鞋。」

Martini 先生端起那杯 dry Martini，喝了一口後，接著說：

「退伍後，我刻意改變自己，隨時打條領帶，上班或放假都一樣。」

「其實也用不著如此。」小雲說。

「領帶代表男人的事業，唯有合適的領帶才能襯托男人的身份地位。」

『有這種說法嗎？』我很好奇。

「這是她說的。」他回答。

我看了看小雲，小雲也看了看我，我們都覺得這種說法不客觀。

「工作後這幾年，我升得很快，收入也算高，但還是不習慣打領帶。
　西方人的前輩子一定是吊死鬼，所以才保留著勒緊脖子的習慣。」

說完後，他勉強笑了笑，然後說：

「真好。她走後，我覺得大部分的我已死去，沒想到我還有幽默感。」

我和小雲也笑了笑。

「我只要無法排解想念她的痛苦，便會來這裡。」他嘆口氣，「她是我

右邊的石頭，如果不能再見她一面，我只能在原地等待和想念。」

『可是她既然已經失約，你何不……』

他搖搖頭，算是打斷。說：「我常幻想她一定躲在暗處偷偷觀察我，只要我習慣打領帶後，她就知道我已有事業基礎，便會出來見我。」

『你今天打的領帶，就很適合你。』我說。

「是嗎？」他低頭看了看。

『而且你以前都會摸摸領帶的結和下襬，今天一次也沒。』

「真的嗎？」他睜大眼睛。

小雲看了看我，對他的反應有些疑惑。

「也許我已經習慣打領帶了吧。」

他重重嘆了一口氣，然後把剩下的酒一口喝盡。

「我早該想到，她選擇在耶誕夜碰面是有特殊意義的。」

『什麼特殊意義？』我問。

「耶誕夜會有奇蹟。她應該是暗示：我們的重逢，正需要奇蹟。」

我和小雲都沒接話，生怕說了不恰當的話，對他太殘忍。

「去年和今年的奇蹟都沒出現，以後大概也不會出現了。其實我心裡明白跟她在一起是種奢望，我只是想再見她一面而已。」

說完後，他便沉默了。

我們三人沉默了許久，我決定打破沉默，便說：

『你在森林裡養了好幾種動物，馬、牛、羊、老虎和孔雀。如果有天你必須離開森林，而且只能帶一種動物離開，你會帶哪種動物？』

「猜猜看。」他說。

『你一定選羊。』我說，『只有選羊的人對愛情才會這麼執著。』

「猜錯了。」
「那你選什麼？」小雲問。
「我選孔雀。」他說。

『為什麼？』
我因為太驚訝，突然叫了一聲，店內有四個人同時轉頭朝向我們。

🌳　🌳　🌳　🌳　🌳　🌳

「因為我姓孔。」Martini 先生說，「孔雀給我的感覺像是孔家的鳥，
所以就選牠了。」

「就這樣？」小雲說。
「嗯。」他點點頭。
小雲和我面面相覷，實在不敢相信會有這種選孔雀的理由。
「心理測驗如果要測得準，就要只憑第一時間的反應，不能想太多。」
他淡淡笑了笑。

店裡的客人並沒有減少的跡象，看來大家都想玩個通宵。
小雲去幫小蘭的忙，在聽故事的這段時間，小蘭已經忙翻了。
我突然想起牆上的字，便跟他說我房間的牆上也有字，是黑色的字。
「以前我住在東寧路的巷子，是棟老房子，有兩層樓。」他說。
我朝他猛點頭。
「那裡有院子，院子旁的階梯通到樓上，房間有個很大的窗。」
這次我連頭都不點了，只是睜大眼睛。

他看到我的反應後，便說：「改天我回去看看那面牆。可以嗎？」

『隨時歡迎。』我說。

「我該走了。」他站起身，「謝謝你聽我說話，我覺得這些年來我好像
　從沒開口似的。」

『不客氣。』我說。

他走後，我開始覺得店裡很吵，坐沒多久，也離開了。

凌晨三點左右回到房間，又重看了一遍牆上的字。

躺在床上胡思亂想他和她之間的事，不知不覺便睡著了。

朦朧間被敲門聲吵醒，打開門一看，是李珊藍。

「原來你在睡覺，難怪敲天花板你都沒反應。」她的語氣有些埋怨，

「不是叫你別太早睡嗎？」

『現在是凌晨四點，』我看了看錶，大聲說：『還能算早嗎？』

「火氣別那麼大。」她反而笑了笑，「來烤肉吧。」

院子裡已擺了兩張小板凳和烤肉架，她又拿出幾包肉和一瓶烤肉醬。

我隨手拿起一包肉看看保存期限，嘆口氣說：『果然又是過期的。』

「才過期幾個鐘頭而已。」她說。

又看了看烤肉醬，我失聲大叫：『有沒有搞錯？連烤肉醬也過期！』

「保存期限是三年，才過期三天而已，值得大驚小怪嗎？」

我有些哭笑不得。

「可惜沒有過期的木炭。」她說。

『木炭哪會過期。』我說，『沒木炭怎麼烤肉？』

「去買呀！」

『現在要到哪買？』

「我工作的那家超市是24小時營業，可以買。」

『妳不會順便買回來嗎？』

「買木炭不用錢嗎？」

我睜大了眼睛看她。

「別這樣看我。」她聳聳肩，「我已經貢獻肉和烤肉醬了。」

『妳的意思是？』

「木炭當然要你去買。」

『好。』我發動機車，『算妳狠。』

我騎到超市買了一袋木炭，只花了幾十塊錢。

『才幾十塊。』一踏進院子，我舉起那袋木炭，『妳卻捨不得買。』

「正因為便宜，才會覺得讓你買也無所謂。」她說。

『如果很貴呢？』

「那就更應該讓你買了。」她笑了起來。

『妳……』

「快烤吧。」她說，「越拖肉便過期越久，吃進肚子就越危險。」

我撿了幾塊石頭圍成方形，放進木炭後點了火，擺上烤肉架。

『這個耶誕夜妳怎麼過？』我放了幾片肉，開始烤。

「工作呀。」她回答，「上半夜超市，下半夜中國娃娃。」

『沒去玩嗎？』我問。

「現在就在玩呀。」她笑了笑，「只要天沒亮，就還算是耶誕夜。」

我看了看錶，離天亮還有一個半鐘頭。

「你呢？」她問，「你怎麼過？」

我想了一下，便把在 Yum 發生的事一五一十告訴她。

在彼此各吃了三片烤肉後，我才講完。

『所以今年耶誕夜的節目是聽故事。』我說。

她沒說話，拿竹筷輕輕撥弄炭火，陷入沉思。

「那女孩大概早就忘了六年之約了。」過了一會，她說。

『我猜也是。』我說，『他痴痴等待一個不愛自己的人，真可憐。』

「不。」她搖搖頭，「女孩應該是愛他的，只是她覺得有些東西比愛情
　更重要而已。」

『她太現實了吧。』我說。

「現實？」她的語氣顯得不以為然，「為了愛情而放棄更好的生活，與
　為了更好的生活而放棄愛情，誰比較高尚呢？」

我楞了一楞，沒有答話。

「這兩種人的區別只在於重視的東西不一樣而已，並沒有孰優孰劣。
　但因愛情通常被人們神聖化，所以選擇愛情的人也被神聖化。」

她將三片烤好的肉兩片夾進我盤子，一片夾給自己。接著說：

「平心而論，在那個心理測驗的五種動物中，每個人都有不同的選擇。
　難道只因選羊的人選擇愛情，我們便認為選羊的人情操最高貴？」

我想她說得沒錯，也許只是選擇的不同而已。

為了愛情而犧牲一切的人會被歌頌；

但為了一切而犧牲愛情的人，在某種程度上，大概會被指責吧。

我們結束這話題，轉而閒聊。當肉片都烤完後，炭火正紅。

「你買太多木炭了。」她說。

『是肉太少了。』我說。

「不要頂嘴。」

『是。』

她笑了笑，看了看天色後，說：「天快亮了。」

「好。」她站起身，「耶誕夜結束了。」

『等等。』

我跑到樓上房間，把桌上的17朵紅玫瑰拿給她，說：『耶誕快樂。』

「為什麼送我花？」

『妳說過的，耶誕夜沒花的女孩很可憐。』

她低頭數了數花朵，再抬頭說：「我知道你前女友為什麼不要你了。」

『喂。』我瞪了她一眼。

「這裡總共有17朵，你知道17朵玫瑰代表什麼嗎？」

『不知道。』

「在玫瑰花語中，17朵的意思是：好聚好散。」

『啊？』我張大嘴巴。

「這樣好了，我拿10朵，你拿7朵。」說完後，她將7朵玫瑰給我，

「10朵的意思是：完美的你，7朵則是：祝你幸運。我完美、你幸運，
可謂皆大歡喜。」

『我要完美。』

「別傻了。」她笑了笑，說：「耶誕快樂。」

我們將院子簡單清理完畢後，天已微微亮了。

隔天進研究室，所有人都在討論昨晚耶誕夜怎麼過的心得。

當別人問我耶誕夜怎麼過時，我都是回答：

『烤肉啊。』

一個禮拜後，Martini 先生突然造訪。

我讓他進房間後，便獨自一人下樓，在院子等待。

過了約半小時，他才下樓。

他的表情極為輕鬆，臉部肌肉線條不再僵硬，開始有圓滑的曲線。

「謝謝你。」他說。

我笑了笑，沒說什麼。

「我剛剛又在牆上留言。」他說。

『你寫什麼？』話剛出口便覺得冒失，趕緊說：『抱歉。』

「沒關係。」他笑了笑，「反正你也會看，不是嗎？」

我點點頭，有些不好意思。

「我要開始往左邊走了。」他說，「這是我最後的留言。」

我們同時沉默，我瞥見他仍然打了條領帶。

領帶的圖樣是我上次看過的，畢卡索的名畫：《阿維儂的少女》。

他突然把領帶摘下，說：「送給你。」

『太貴重了，我不能接受。』我說。

「這確實有些貴，但並不重。」他笑了笑，「就當作紀念品吧。」

我只好說聲謝謝，然後收下。

「我已經爬上右邊的石頭了。」他說，「你呢？」

我楞了楞，李珊藍正好開門進來。

她看到我和他站在院子裡，顯得有些驚訝。

我趕緊跟她介紹：『這是我跟妳提過的 Martini 先生……』

「Martini？」他笑了笑，「很有趣的稱呼，不過我姓孔不姓馬。」

『她是……』我指著李珊藍，想了一會說：『另一個選孔雀的人。』

「今天真是好日子，三隻孔雀共聚一堂。」他說，「希望將來有天我們
　都能開屏。」

「我是雌孔雀，無法開屏。」她說。

我們三隻很有默契的同時笑了笑。

我想 Martini 先生以前一定是個開朗的人，只不過這些年的等待，

將他臉部的線條壓得又硬又直。

如今他已爬上右邊的石頭，又重拾從前的開朗。

以這個角度而言，現在的他，正在開屏。

「我走了。」Martini 先生揮揮手，意味深長地說：「再見。」

從此我不再見到他。

Chapter 8
孔雀的眼神

孔雀森林

🌲　🌲　🌲　🌲　🌲　🌲　🌲

Martini 先生一離開，李珊藍立刻說：「我可以去看牆上的字嗎？」
我想了一下，便點點頭。
她立刻跑上樓梯。

『喂！』我突然想起牆上也有我的留言，『只能看黑色的字。』
「爲什麼？」她停在階梯一半的位置，回頭說。
『藍色的字是我寫的。』
「知道了。」她邊跑邊說。

我在院子站了很久，覺得腿有些痠後，便往樓上走。
走到樓上的欄杆旁時，她正好從我房間出來。
「他的留言眞的會讓人很有感覺。比較起來，你的留言便顯得……」
她突然搗住嘴巴，不再往下說。

『不是叫妳別看藍色的字嗎？』我瞪了她一眼。
「對不起。」她說，「我色盲。」
『妳……』
「我去上班了！」她一溜煙跑下樓。

兩天後榮安放假，我跟他又去泡 Yum。
當他知道 Martini 先生在耶誕夜說的故事後，便說：
「不公平！爲什麼我沒聽到？」
『聽到又如何？』我說，『你沒慧根，故事再怎麼動人對你都沒用。』
「起碼我可以說些話安慰他啊。」榮安說。

「你要說什麼？」小雲問。

「我會說那女孩自從離開他後，便歷盡滄桑、飽嚐辛酸、漂泊無依，
最終淪落風塵。」榮安說，「這樣他應該會覺得好過一些。」
我和小雲差點嚇出冷汗。
『幸好你不在。』我說。

然後我說了 Martini 先生來找我並把領帶送我的事。
我沒提及牆上的字，因為不想讓榮安和小雲也知道我的留言。
「他最後說什麼？」小雲問。
『他說他已經爬上右邊的石頭了。然後問我爬上了沒？』
「你怎麼回答？」榮安問。
我苦笑一下，搖搖頭說：『我不知道怎麼回答。』

自從知道劉瑋亭是我右邊的石頭後，我連攀爬的勇氣也沒，
只是站在山腳下仰望。
或許我該像 Martini 先生一樣爬到山頂，不管耗去多少精力和時間。

兩個禮拜後榮安又來找我時，告訴我一件事。
「我查到劉瑋亭在哪裡了。」他說。
我不知道該做何種情緒反應，只是沉默不語。
「這次我非常小心，絕對不會再弄錯了。」過了很久，他說。
我還是沉默不語。
「本想先去找她，但後來想想我老是做錯事、說錯話，這次無論如何
絕對不能再害你了。」他似乎很不好意思。

榮安用了兩次「絕對」這種字眼，認識他這麼久，很少見。

他的表情顯得愧疚和不安，有點像殺人凶手面對死者家屬。

我知道榮安對劉瑋亭的事很自責，但想到自責程度竟會如此之深。

『你怎麼查到的？』嘆口氣，我問。

「利用網路的搜尋引擎找到的。」他說。

我啞然失笑，沒想到這麼簡單。

他又不是情報局或調查局的人，原本就不會有其他神通廣大的方法。

榮安離開後，我猶豫著該不該去找劉瑋亭？

如果找到她，又該說什麼？做什麼？

會不會反而弄巧成拙？

猶豫了三天，還是舉棋不定。

第四天突然想到也許可以問問李珊藍的意見。

『要出門啊。』我特地在她要到超市上班前幾分鐘，在院子等她。

「嗯。」她點個頭，便出去了。

『回來了啊。』我算準她下班回來的時間，提早幾分鐘在院子等她。

「嗯。」她還是點個頭，走進房間。

『又要出門啊。』這次她是要到中國娃娃上班。

「嗯。」她說。

『又回來了啊。』五個小時後，我說。

她沒回話，只是睜大眼睛上上下下打量了我一會後，便走進房間。

我很懊惱自己竟然連開口詢問的勇氣也沒，頹然坐在階梯上。

「喂。」她突然打開房門，「你到底想說什麼？」

站起身，我臉上微微一紅。

「還是說吧。」她笑了笑，「不過借錢免談。」
我只好把是否要找劉瑋亭的事告訴她。

「你一定要去找劉瑋亭。」李珊藍說，「不只是為了你，也為了你那個
　叫榮安的朋友還有劉瑋亭本身。」
『為什麼？』
「就以右邊的石頭這個比喻來說，劉瑋亭是你右邊的石頭，但你可能
　也是她右邊的石頭呀，而你和她之間就是榮安右邊的石頭。」
我如夢初醒，決定去找劉瑋亭。

榮安說劉瑋亭現在又回到成大念博士班，要找她很容易。
算了算時間，我跟她已經六年多沒碰面了。
我鼓起勇氣、整理好心情，踏進她所在的系館。
問了一個同學：博士班的研究室在幾樓？
他反問我要找誰？
當我說出劉瑋亭後，他的表情很古怪，然後開玩笑說：
「你到三樓，如果哪間研究室讓你覺得最冷最陰森，那就是了。」

我爬到三樓，看見一條長長的走廊，左右兩邊都是房間。
雖然是下午，但走廊上沒亮燈，光線晦暗，幾乎看不見盡頭。
門上掛著名牌，我不必用心感受每間房間的溫度，用眼睛找就行。
左邊的第八間，門上的名牌寫著：劉瑋亭。

那個同學說得沒錯，她的研究室有種說不出的冷。
好像不曾有人造訪、室內不曾有溫暖，我想到原始森林裡的小木屋。
如果我是福爾摩斯，我會藉由科學方法量測門上的凹痕、門口的足跡，

然後得出幾乎沒人敲過門以及門口只有她的腳印的結論。
我甚至懷疑所有人經過她研究室時，都會選擇繞路而行。

深吸了一口氣，敲了兩下門。
過了像一分鐘那樣長的三秒鐘後，裡頭傳出：「請進。」
扭轉門把順勢一推走進。連門把都出奇的冷。
然後我心跳加速，因為看到了劉瑋亭。

她眼睛盯著電腦螢幕，雙手敲打著鍵盤，發出輕脆的聲音。
過了兩秒鐘，她轉過頭，看見我後，停止敲打鍵盤。
我跟她的距離只有三公尺，卻像隔了三個光年。
實在太安靜了，我幾乎可以聽見自己的心跳聲。
十秒鐘後，她又轉頭盯著螢幕；再半分鐘後，鍵盤又發出呻吟聲。
「有事嗎？」鍵盤哀叫了一分鐘後，她終於開口。

『我……』
剛發出聲音，才知道聲音已經沙啞，清了清喉嚨後，還是無法繼續。
「如果你要說抱歉，那就請回吧。我已經聽得夠多了。」
她打斷我，語氣沒有高低起伏。
聽她這麼說，我更緊張了，要出口的話又嚥回去。
「出去記得關門。」她說，「還有，別再來了。」

『這些年來，只要一想到妳就很愧疚，甚至覺得傷心……』
我終於又開口。但話沒說完，便聽見她冷冷地說：
「你只是心裡難受，不是傷心。你的心受傷了嗎？被喜歡的人欺騙或
　背叛才叫傷心，而你並沒有。所以請不要侮辱傷心這種字眼。」

突如其來的這番話，讓我更加無地自容。

『我知道妳很傷心，所以我必須再見到妳，跟妳說一些話。』
「沒什麼好說的。」她的語氣冰冷依舊。
『請妳聽我說些心裡的話，好嗎？』
她看見我的樣子，猶豫了一下後，嘆口氣說：
「算了，你還是走吧。我的自尊所剩無幾，就讓我保有它吧。」
說完後，她站起身，背對著我。

我無法爬上右邊的石頭了，但如果現在放棄，它將會更高更難爬上。
突然想起燒掉情書那天，李珊藍所說的話。我用盡最後的力氣，說：
『我知道現在講時間不對，可能也不重要，但如果能回到六年多前，
　回到最後一堂課下課後，回到在教室外那棵樹下追上妳的時間點，
　我不會只說對不起。我還會說：我喜歡妳。』
雖然她背對著我，但我可以從她的背部和肩膀，看到如針刺般的反應。

『那封情書確實是寄錯，剛開始我也確實抱著將錯就錯的心態。可是
　後來，我真的很喜歡妳這個人，只是單純的喜歡，沒考慮到未來。
　也許在喜歡妳之後我仍會被別的女生吸引，或覺得別人才是真愛，
　但在我大四畢業前夕的那棵樹下，在那個時間點，我是喜歡妳的。』

我一口氣把話說完，似乎已用盡所有力氣，我感到全身虛脫。
她緩緩轉過身看著我，隔了很久，才說：
「你真的傷了我，你知道嗎？」
我點點頭，沒有說話。

「我知道你沒惡意，寄錯情書也只是個誤會，但那時的我是眞心對待你的。你不僅傷了我的自尊，也打擊了我的自信。這些年來，我不靠近任何男生，也不讓他們靠近我，我甚至都不笑了。我無法走出這個陰影，我需要光線，但又害怕見光。」
她的語氣很平和，已沒有先前的冰冷。

我知道說太多的抱歉都沒用，而且我也說過太多次了。
她說完那番話後，沉默了一會，又說：
「讓我們回到你所說的那個時間點，我停下腳踏車，而你跑過來。」
說到這裡，她突然有些激動，試著穩住情緒後，接著說：
「請你告訴我，在那個時間點的你，是眞心喜歡我嗎？」
『嗯。在那個時間點的我，是眞心喜歡妳。』

她看著我，眼神不再冰冷，因爲溫暖的液體慢慢充滿眼眶。
然後她哽咽地說：
「我們走走吧。」

聽到這句她以前常說的話，我也覺得激動，視線開始模糊。

❦　❦　❦　❦　❦　❦　❦

據說眼淚含有重金屬錳，所以哭過後會覺得輕鬆。
我在劉瑋亭的研究室內流了一下淚後，便覺得身體輕盈不少。

離開她的研究室，走到戶外，我們在校園裡閒晃。
初春的陽光很溫暖，她卻瞇上了眼，我知道她一定很久沒曬太陽。

我們分別說說這六年多來的經歷，她很訝異我跟葦庭成為男女朋友，
卻不訝異我跟葦庭分手。

「葦庭學姐和你並不適合。」她說，「你雖然不像是選孔雀的人，但她
　卻是道道地地選羊的人。」
『這有關係嗎？』我問。
「她愛人跟被愛的需求都很強烈，但你不同。」她說，「你們相處久了
　之後，你會窒息喘不過氣，但她卻嫌不夠。」
我沉思一會，覺得她的話有些道理。

我和劉瑋亭都知道，以後不可能會在一起。
過了那個時間點，我們的生命便已錯開，不會再重疊。
現在的我們雖並肩走著、敘敘舊，但與其說是敘舊，不如說是治療，
治療彼此心裡被右邊石頭所壓痛的傷。

走著走著，又到了以前上課的教室左邊一百公尺外第三棵樹下。
以前總在這棵樹下等劉瑋亭，她的最後一瞥也在這棵樹下。
「不是每個人都會有第二次機會，我們算是幸運的。」她說。
『幸運？』
「不用抱著愧疚和傷痕過下半輩子，而有第二次面對的機會，這難道
　不幸運？」
我看看身邊的樹，沒想到還能跟劉瑋亭再次站在這裡，便點點頭說：
『確實是幸運。』

天色已漸漸昏暗，我們做好了道別的心理準備。
「你是選孔雀的人，祝你開屏。」她說。

『妳是選老虎的人，祝妳……』我想了一下，『祝妳吃得很飽。』
她突然笑了出來，終於看到她的笑容，我也笑得很開心。

離開校園，我感到無與倫比的輕鬆。
以前跟劉瑋亭在一起時，因為有情書的壓力，難免多了份不自在。
現在什麼都說清楚了，聊天時更能感受劉瑋亭的純粹。
糾纏六年多的愧疚感終於一掃而空，我覺得雙腳幾乎要騰空而起。
剛走進家門，不禁閉上雙眼，高舉雙手仰身向後，心裡吶喊：
終於可以愛人了！
我感覺渾身上下充滿了愛人的能量。

「幹嘛？溺水了在求救嗎？」
李珊藍正站在院子，納悶地看著我。
我睜開雙眼，嘿嘿兩聲，算是回答。
「是不是撿到錢？」她說。
『妳怎麼開口閉口都是錢。』
「我是選孔雀的人呀，你能期待我說些有氣質的話嗎？」
我不理她，順著階梯爬上樓。

「喂。」她在樓下喊：「明天再幫我個忙吧。」
『什麼忙？』我倚在欄杆往下望。
「明天是二月十四情人節，我要去賣花……」
『門都沒有。』我打斷她。
「這樣好了，二八分帳如何？」
『不是錢的問題。』我說。
「你該不會想要三七分帳吧？」她說，「這樣太狠了。」

我有些無奈，搖搖頭說：『我不習慣像上次那樣賣花。』
「我也不習慣呀，不過為了賺錢也沒辦法。」她說，「不然就四六吧，
　再多的話就傷感情了。」
看了一眼她求助的眼神，只好說：『好吧，我幫妳。』
「我就知道你人最好了。」她笑得很開心。

隔天要出門賣花前，我還是有些躊躇，李珊藍給我一副深色太陽眼鏡。
『幹嘛？』我說，『太陽又不大。』
「戴上了它，人家比較不容易認出你。」她說。
『我這種翩翩風度，即使遮住眼睛人家還是可以認出我的。』
「是嗎？」她笑了笑，又遞給我一根手杖。
『又要幹嘛？』
「你乾脆裝成視障人士好了。」
『妳真無聊。』我瞪她一眼，並把手杖和太陽眼鏡都還給她。

這次賣花的生意更好，全部賣光一朵都不剩。
雖然我仍是遮遮掩掩，還是被兩個學弟認出來。
花賣完後，李珊藍數了些錢要拿給我。
『不用了。』我搖搖手。
「你……」她欲言又止。
『妳是不是想說：我不像是選孔雀的人？』
「不。」她說，「你確實像是選孔雀的人。」
『那妳想說什麼？』

「你不要錢，是不是要我以身相許？」

『莫名其妙！』我罵了一聲，隱隱覺得臉頰發熱。

她倒是笑得很開心，神情看起來甚至有些狡黠。

『我明白了。妳是不是早就知道我不會跟妳要錢？』

「對呀。」她笑著說，「如果你要錢，我寧可不要你幫。」

我苦笑一下，沒想到自己被她摸得這麼透。

我在該受詛咒的情人節夜晚到研究室去忙，一直到凌晨四點才回家。

洗完澡，準備舒舒服服睡個覺。

夢到廟會的鑼鼓喧天，舞獅的人將獅頭貼近我，嚇了一跳便醒過來。

門外傳來響亮的咚咚敲門聲，下床開了門，果然是李珊藍。

「下來吃飯吧。」她說。

『現在？』看了一下錶，不禁失聲大叫：『現在快五點了！要吃晚餐？宵夜？還是早餐？』

「別哭了。」她笑了笑，「下來吧。」

她在房間內擺滿了一桌豐盛的菜，還有一瓶剩下三分之一的紅酒。

她將酒倒入酒杯，剛好盛滿兩個酒杯。

「客人喝剩的。」她指著手中的空酒瓶。

我望著一桌滿滿的菜，驚訝得說不出話來。

「其實材料昨天下午就準備好了。」她說。

『那為什麼現在才弄呢？』

「昨天是情人節呀，如果昨晚弄給你吃，你誤會了怎麼辦？」

我只得苦笑。

「吃吧。」她說。

『我還不餓。』我說。

她遞給我一柄掃帚。

『幹嘛？』

「院子髒了，拿掃帚去掃一掃，掃完後就會餓了。」

我瞪了她一眼，直接坐下來準備吃飯。

「猜猜看。」她說，「這裡只有一樣東西不是過期的，你猜是哪樣？」

『這哪需要猜？』我說，『當然只有酒不會過期。』

「你好聰明。」她笑得很開心。

『妳這樣吃早晚會出事。』

「別說喪氣話了，人要勇往直前、不畏艱難。」

每次提醒她這點，她都不以為意，我沒再多說，開始吃飯。

我跟她提到去找劉瑋亭的事，順便感激她的指點與鼓勵。

「選孔雀跟選老虎的人果然不一樣。」聽完後，她說。

『哪裡不一樣？』

「她受傷後，便把自己鎖在寒冷的高山上，換作是我，卻會挺得更直、
  抬得更高，更勇敢也更驕傲地走進人群。」

我看了她一眼，相信她真的會這樣。

「你一定很後悔將那封情書燒掉吧。」她說。

『為什麼要後悔？』

「那封情書可是你年少青澀與衝動的見證呢。」

『算了。』我說，『都已經燒掉了。』

她起身去拿了張白紙，並把一枝筆交到我右手中。

「現在我說什麼，你馬上用筆記下。」她說。

我很納悶地看著她，只見她閉上眼睛沉思，過了一會張開眼睛說：

「如果成大是一座花園，妳就是那朵最芳香、最引人注目的花朵……」

聽到第二句才猛然想起這是那封情書的開頭，右手拍桌大喊：『喂！』

「別吵。」她說，「我正在努力回想。」

『夠了喔！』

「我試著幫你還原那封情書耶，你怎麼不知感恩呢？」

『妳……』我覺得臉上發燙。

「別氣了，繼續吃飯吧。」她滿臉堆笑。

我瞪了她一眼，重新端起碗筷。

「寫情書是高尚的行為，你以後還會寫吧？」

『如果遇見真正喜歡的人，我會寫。』

「萬一人家又退回來給你，你可別再燒掉了。」

『妳少詛咒我。』

低頭扒了兩口飯，抬起頭時剛好接觸她的目光，

我們好像同時想到什麼似的笑了起來。

兩天後榮安來找我，我們又到 Yum 找小雲。

我說我終於爬上右邊的石頭了，他們很開心，尤其是榮安。

他多喝了幾杯，又唱又鬧的，最後是我扶他回家。

突然想起 Martini 先生，如果他在，一定也會很高興吧。

有些人相處幾次便可以交心；有些人即使天天在一起也要處處提防。

Martini 先生就屬於前者。

我偶爾會去找劉瑋亭聊聊天，總覺得跟她說完話後全身便會充滿能量。

再加上同是博士班研究生，有共同的畢業壓力，彼此都能體會。

後來我有篇要投稿到期刊的論文需要多變量分析，我找她幫忙。
她很爽快答應，三天後便把結果給我，讓我很順利完成那篇論文。

天氣又變熱了，距離劉瑋亭的最後一瞥，剛好滿七年。
原本跟她約好下午五點在那棵樹下碰頭，我想請她吃個飯，算是報答。
但我三點半剛好要到教務處辦些手續，辦好後也才四點，
便在那棵樹附近走走，順便等她。
遠遠看見劉瑋亭跟一個男子正在散步，她的神情很輕鬆，談笑自若。
雖然兩人之間並無親密的動作，但親密的感覺是可以嗅出來的。

劉瑋亭的春天來了，我很替她高興，心裡絲毫沒有其他的感覺。
我決定爽約，也決定不再找她聊天，以免造成困擾。
先離開校園去買了六朵玫瑰，再回到附近教室拿了根粉筆。
用粉筆在那棵樹的樹幹上畫隻開屏的孔雀（但看起來像奔跑的公雞），
然後把玫瑰放在樹下。

六朵玫瑰的花語是：祝你一切順利。
我想劉瑋亭會明白的。

快升上博六了，如果沒有意外，今年年底或明年年初就可以畢業。
但畢業後要做什麼？
這問題開始困擾著我。

我30歲了，30歲才踏入職場，已經太老了。

看來只有找間研究機構當個研究員，或是找間學校謀個教職才是正途。
只可惜在中國人的社會裡，有關係就沒關係、沒關係就有關係，
自問沒關係又不是很出色的我，恐怕連謀個教職都很困難。
榮安和小雲都勸我別想太多，畢業後再說。
李珊藍則說：「你可以跟我一起合作。」

『做什麼？』我問。
「擺攤呀。」她說。
『啊？』
「你很有天分，我們合作一定可以賺錢。」
我決定聽從榮安和小雲的意見，畢業後再說。

我待在研究室的時間變得更長，後來乾脆買了張躺椅放在研究室，
累了就在躺椅上睡覺，最高紀錄曾經連續三個晚上在研究室過夜。
榮安來找我時，我們還是會去 Yum 和小雲聊天，這已經是習慣了。
跟李珊藍的相處也照舊，常載她去車站，也常從車站載她回家。
常共同研究如何把便宜的東西賣貴，而過期的食物也沒少吃。

時序已入秋，我多放了一條薄被在研究室的躺椅上。
連續兩晚睡在研究室後，第三天晚上決定回家洗個熱水澡。
剛洗完澡，打算換件衣服再到研究室上工，突然地板傳來咚咚兩聲。
下樓到李珊藍的房間，發現桌上擺了個小蛋糕。
『誰過生日？』我問。
「我。」她雙眼盯著桌上的蛋糕。

我楞楞地看著她，覺得她看起來有些怪。

「怎麼了？」她抬頭瞄了我一眼，「我不能過生日嗎？」

『當然可以。』我連忙說，『這蛋糕⋯⋯』

「花錢買的。」她說。

我有點驚訝，又看了她一眼，說：『妳是我認識的那個李珊藍嗎？』

「喂。」她瞪了我一眼。

她似乎心情不太好，我便不再往下說。

桌上還擺了一瓶剩不到一半的紅酒，旁邊有個酒杯。

『這瓶酒又是客人喝剩的？』

「不。」她說，「今天我生日，店裡送的。」

『怎麼會只剩一半呢？』

「那是我喝掉的。」

『啊？』我嚇了一跳，『妳一個人喝酒？』

「不可以嗎？」

她又倒了一杯酒，剛舉起酒杯時，我說：『別喝了。』

「我不可以祝自己生日快樂嗎？」她說。

『慶生有很多種方法，不一定要喝酒。』

「我的生日竟然只能自己慶祝，這難道不值得喝酒嗎？」

說完後，她端起酒杯喝了一口。我想了一下，說：

『妳慢著喝，我送妳一樣東西。』

我跑回樓上房間，翻箱倒櫃找出那瓶香水，我知道這是她最愛的品牌。

下樓將香水遞給她，她露出驚喜的表情。

「這是你特地買的嗎？」她說。

我不好意思地笑了笑，然後告訴她因為施祥益欠了我兩千塊遲遲不還，

於是我們幾個同學捉弄他，讓他在百貨公司刷卡抵債，
沒想到剛好買到這瓶她最喜愛的香水。

她的眼神由亮轉暗，說：
「你連欺騙女孩子都不會，難怪你前女友不要你。」
『喂。』我說，『別以為喝醉了就可以亂說話。』
「我沒喝醉，而且我也沒亂說。」她突然變得激動，「你連說這是特地
　為我買的來逗我開心都做不到，有哪個女孩會喜歡你！」
『夠了喔。』我有點生氣。

「不夠不夠，我偏要說。」她站起身大聲說：「我今天已經30歲了，
　我不知道未來長怎樣？不知道現在在哪裡？不知道過去在幹什麼？
　看見秋天的落葉不再覺得那是詩，只覺得傷感，可見我老了。但我
　還是孤身一人，沒有人愛我，不知道要愛誰。我……」
她的語氣急促，以致說話有些喘。換口氣後，大喊：
「我甚至沒有狗！」

『狗？』我很納悶。
「對。我沒有狗。」
『狗很重要嗎？』
「我不管。沒有狗就表示我很可憐。」
她雖然30歲了，可是現在說話的邏輯卻像三歲小孩。

『嗯。』我點點頭，『是很可憐。』
「你不用同情我。」
『好。我不同情妳。』

她哼了一聲，呼吸慢慢回復正常，神情也不再激動。

「我已經30歲了，你知道嗎？」她說。

『現在知道了。』

「我沒什麼朋友，大家都說我虛榮愛錢。」

『不至於吧。』我說，『起碼我就不覺得妳虛榮愛錢。』

「是嗎？」她說，「你敢發誓？」

『不敢。』我搖搖頭。

「你……」她又開始激動。

『開玩笑的。』我趕緊陪個笑臉。

「我沒有目標、沒有方向，過去的日子好像一片空白、什麼都沒留下，
　失去的東西太多，手裡卻一樣也沒有，我簡直活得亂七八糟。」

她說完後看了看我，我覺得好像看過這種眼神。

那是在《性格心理學》的課堂中，當教授提起那個心理測驗時，

我在心裡看見的，孔雀的眼神。

當初就是因為這種孔雀的眼神，我才會選了孔雀。

『妳希望過過三天有錢人的日子，可見妳有理想；妳知道要努力賺錢
　才做得到，可見妳有方向；能省錢妳一定一毛錢都不花，可見妳有
　原則；過期的食物妳可以很自然吃進肚子，可見妳很豁達……』

「豁達？」她打斷我，「那叫不怕死吧。」

『這樣說也可以啦。』我笑了笑。

她扳起的臉似乎想笑，卻忍了下來。

『妳叫我下來，只是想說妳活得亂七八糟嗎？』

「這瓶酒我一個人喝掉太可惜了，叫你下來喝還可以賣你一杯50。」

『一杯50太便宜了，我會良心不安。這樣吧，算80塊好不好？』

「你高興就好。」

『那蛋糕怎麼賣？』

「你少無聊。」

她瞪我一眼。

她倒杯酒並切了一塊蛋糕給我，說：「我的生日，免費招待。」

『生日快樂。』我說。

「老女人的生日有何快樂而言。」

『那香水還我。』

「幹嘛？」

『我可以轉送給快樂的老女人。』

「哪有送了人再要回去的道理。」

她拿起那瓶香水看了看，緊繃的臉部肌肉已經鬆弛。

我不讓她再喝酒，自己把剩下的酒喝光。

喝完酒，吃了三塊蛋糕，我站起身說：『現在輪到我了。』

「嗯？」她很疑惑。

『我30歲了，還是孤身一人，沒有人愛我，不知道要愛誰。我……』

「喂！」她用力拉一下我的衣袖，顯得氣急敗壞，「幹嘛學我！」

『我喝醉了，沒辦法。』

「你……」

『生日快樂。』我笑著說。

她看了我一會，終於忍不住笑了起來。

那晚原本還要再到研究室，但酒的後勁讓我躺在床上呼呼大睡。

醒來後第一件事，就是出門找寵物店。

沒想到一隻純種小狗的價錢竟然都要上萬元。

不禁感嘆生不逢時，竟生在一個狗比人貴的時代。

我向很多學弟詢問是否有人有不想養的狗？

過了幾天，有個學弟說他女友的媽媽的朋友的鄰居的母狗剛生完小狗。

我跑去碰碰運氣，很幸運從一窩小狗中抱回一隻白色小公狗。

牠大約一個月大，剛斷奶，父親是長毛犬，母親是短毛犬，牠像父親。

我將小狗抱給李珊藍，她臉上一副難以置信的神情。

「這是真的狗嗎？」

她用手輕輕撫摸小狗的身體，小狗回頭舔了舔她手指。她興奮地大叫：

「是真的耶！」

『讓妳抱吧。』我說。

她小心翼翼接過小狗，將臉頰貼著牠的身體，神情充滿愉悅。

李珊藍將小狗養在院子裡，她要睡覺時再把牠抱回房間。

她從工作的超市拿了一大包狗乾糧和兩箱狗罐頭準備餵牠。

『這些東西是過期的吧？』我問。

「開什麼玩笑。」她的口吻帶點訓斥，「牠哪能吃過期的東西。」

『喂。』我指著自己的鼻子，『那我呢？』

「你跟小狗計較，太沒志氣了吧。」

我張大嘴巴，說不出話來。

小狗很活潑，幾天後便認得我和李珊藍兩人。

榮安第一次看見牠時也很興奮，把牠抱起來逗弄一番後，突然大叫：

「啊！」

『怎麼了？』我嚇了一跳。

「你看！」榮安將小狗的肚子朝向我，「牠只有一顆睪丸耶！」

我差點跌倒，李珊藍則一個箭步從榮安手中搶走牠，直接走回房間。

「怎麼了？」榮安一頭霧水，「我說錯話了嗎？」

我瞪了他一眼，不想回答。

「莫非睪丸不能算顆，要算粒？」榮安自言自語，

「所以要說一粒睪丸才對？」

我不想再聽他胡說八道，拉著他一起到 Yum。

小雲聽說我為了李珊藍抱回一隻小狗來養，好奇地問東問西。

但她不對小狗的樣子或如何養牠好奇，她好奇的是我的動機。

『我想她大概很喜歡小狗，所以想辦法抱了一隻，就這麼簡單。』

在小雲的追問下，我回答。

小雲意味深長地看了我一眼，便不再追問。

『我的動機很奇怪嗎？』過了一會後，我問。

「不會呀。」她說。

『可是妳看我的眼神很怪異。』

「是嗎？」她連續眨了幾下眼睛，「會怪嗎？」

『很怪。』我說。

小雲沒回答，轉身煮咖啡。煮好了端給我時，彎身靠近我，說：

「你喜歡她吧？」

這個疑問句嚇了我一大跳，我不知作何反應，只是楞楞地望著她。

決定要抱隻小狗給李珊藍時，並沒有因為喜歡她所以要取悅她的念頭，

真正動機只是單純因為她有著孔雀的眼神。

雖然我從未看過真的孔雀，但在教授詢問那個心理測驗時，

心底浮現上來的孔雀眼神，竟與李珊藍生日那晚的眼神一樣。

『嗯。』

想了很久，我緩緩點了點頭。

這次輪到小雲和榮安嚇了一跳。

小雲驚訝我的大方承認；而榮安則驚訝我喜歡李珊藍。

我們三人同時陷入長長的沉默中。

「你為什麼喜歡她？」小雲首先打破沉默。

『她好像需要我，這讓我有種被需要的感覺。』我說。

「被需要的感覺？」小雲很納悶，「這不是愛吧。」

『或許吧。』我聳聳肩，端起咖啡喝了一口，接著說：

『反正我不是選羊的人，不會在乎喜歡的人是否就是真愛。』

小雲不再追問，只淡淡笑了笑。

『妳覺得呢？因為這種理由而喜歡一個人，會不會很奇怪？』我問。

「你有自己的想法就好，我怎麼看並不重要。」小雲也聳聳肩，

「你忘了嗎？我也不是選羊的人。」

『那妳會因為什麼樣的理由而喜歡一個人？』
「我是選馬的人，搞不好會因為某個男生跑得快而喜歡他也說不定。」
她說完後便笑了起來，我也跟著笑，只剩榮安仍是滿臉問號。

回家的路上，榮安幾度想開口最後卻忍住，這對他而言很不尋常。
直到踏進我房間，他終於忍不住問：「你真的喜歡李珊藍嗎？」
『這很重要嗎？』我說。

「可是她的脾氣不太好。」
『這很重要嗎？』
「你們的學歷和生活背景都有很大的差異。」
『這很重要嗎？』
「你不是最討厭選孔雀的人嗎？可是她偏偏就是選孔雀的人。」
『這……』
我接不下話。

我確實不喜歡選孔雀的人，也討厭自己選了孔雀。
雖然大家（李珊藍除外）都說我不像選孔雀的人，
但李珊藍卻像極了選孔雀的人。
這麼說的話，如果我喜歡她，豈不造成矛盾？

「你在森林裡養了好幾種動物，馬、牛、羊、老虎和孔雀。如果有天
　你必須離開森林，而且只能帶一種動物離開，你會帶哪種動物？」
榮安突然問了這個心理測驗，我很訝異。
「你知道我為什麼要選狗嗎？」他問。
『不知道。』我搖搖頭。

「狗應該代表友情吧。」他說，「發明這個心理測驗的人，一定不認為
　這世上有人會覺得友情才是最重要的東西。」
我看著他，不知道要說什麼。

「你還記不記得，剛升上大二時要換寢室的事？」他說。
『嗯。』我點點頭。
「那時大家都說我常闖禍、會帶來厄運，甚至說我行為舉止很怪異，
　不像正常人，比方說我會遛鳥。」說到這裡，他笑了笑，接著說：
「所以沒有人肯跟我住同一間寢室。」
『這事我記得。』

「只有你肯接納我。」他說，「你問我：睡覺會不會打呼？我回答：
　不會。然後你說：這間寢室只有一條規定——如果有人睡覺打呼，
　另一個人便可以用腳踹他的屁股。」
我想起這段往事，臉上不自覺露出微笑。
「打從我們住同一間寢室開始，你便是我這輩子最好最重要的朋友，
　如果將來我們同時喜歡一個女孩子，我一定會讓你，也會幫你。」
『不用你讓。』我笑了笑，『最好你也別幫。』

「劉瑋亭的事我很自責，是我害了你，讓你一直背負著對她的愧疚。
　我發誓除非你找到真正喜歡的人，否則我這輩子一定不交女朋友。」
『你放心好了，她現在已經有男友，我不會再覺得愧疚了。』
他點點頭，又繼續說：
「原以為你跟柳葦庭在一起就會幸福快樂，沒想到你們還是分手了。」
『說這幹嘛？』我說，『都已經過去了。』

「我覺得你能幸福快樂最重要，所以不管那個心理測驗的選項裡是否
　有狗，我一定要選狗。」榮安突然提高音量，握緊拳頭大聲說：
「我一定要選狗！因為友情才是這世上最重要的東西！」

腦海裡浮現榮安怯生生站在寢室門口詢問，他是否可以住進來的往事。
我很清楚憶起他那時候的眼神。
沒錯，也是因為他的眼神，所以我決定跟他同住一間寢室。
即使當時班上同學不是勸我，就是笑我笨。

「你真的喜歡李珊藍嗎？」
『應該吧，還不太確定。』我說，『也許等弄清楚她選孔雀的理由後，
　便可以確定。』
「如果你確定了，一定要告訴我喔。」
『嗯。』我點點頭，『一定。』
榮安很開心，又一個勁兒的傻笑。

「告訴你一個秘密。」他說。
『什麼秘密？』我問。
「其實你睡覺很會打呼。」
『真的嗎？』我很驚訝。
「嗯。」他點點頭，「但我從沒踹過你屁股。」
『還好你選狗。』我說。
然後我們同時開懷大笑。

跟榮安在一起這麼多年，我很清楚他容易講錯話、容易闖禍的樣子。
但我更清楚知道他的質樸、他的善良可愛，以及他對我的忠實。

他帶我去 Yum、常來台南陪我，也是希望我能快樂。

記得有次他問我：「想不想看見幸福的樣子？」

『想啊。但是怎麼看？』

他立刻脫下褲子，露出他的命根子，得意地說：

「我用藍色的筆將小鳥塗成青色就變成青鳥了，青鳥是幸福的象徵。
　現在你看見青鳥了，恭喜你！你已經找到幸福了！」

我可能會因為這樣而長針眼，不禁恨恨地說：

『幹嘛還需要用筆塗？我踹幾腳讓它瘀青，它也會變青鳥。』

「說得也是。」他說。

我抓起地上的褲子，往他臉上一砸，大聲說：『快給我穿上！』

想到榮安以前那些無厘頭的舉動，雖然當下總覺得生氣和哭笑不得，

但現在回想起來，心頭卻暖暖的。

榮安是選狗的人，即使他是條癩皮狗，他仍是最忠實的狗，

只屬於我的狗。

一個月後，榮安又要從屏東調到宜蘭。

宜蘭跟台南，一個在台灣的東北，另一個在西南。

我們彼此都很清楚，見面的機會不多了。

他要去宜蘭前，還特地先來找我，並拉著我很慎重地交代李珊藍：

「他就麻煩妳照顧了，萬事拜託！」

李珊藍覺得莫名其妙，還瞪了他一眼。

「你一定要記得，我是選狗的人。」臨上車前，榮安對我說：

「不管你變得如何、別人怎樣看你，我始終是你最忠實的朋友。」

車子剛起動，他立刻搖下車窗，探出頭大聲說：
「即使天塌下來，我仍然是你最忠實的朋友。千萬要記得喔！」

送走榮安後，我走進院子，李珊藍正在逗弄著小狗。
「有狗的陪伴真好。」她說。
『沒錯。』我說。

我開始懷念那晚的開懷大笑。

Chapter 9

孔雀的選擇

What's going on?

孔雀森林

既然榮安走了，我又要忙著趕畢業論文，
去 Yum 的次數便大爲減少。

小狗一天天長大，長得健康可愛，每當聽到開啓院子鐵門的聲音，
就跑來我腳邊又叫又跳。
只要抱起牠，看見牠 only one 的睪丸，我立刻想起榮安。
眞是奇怪的聯想。

冬天到了，李珊藍不再讓小狗待在院子，把牠養在房間內。
她要上台北時，會把牠交給我，我也會讓牠待在樓上的房間。
牠很乖，當我坐在書桌前，牠會安靜趴在我腳邊。
我到車站載從台北回來的她時，她一進院子便會直奔我房間抱牠下樓。
但當我回房時，總可以看到書桌上她放置的小禮物。

研究室太冷，所以不管我忙到多晚，都會回家睡覺。
有天寒流來襲，又飄著雨，我冷到受不了，便提早回來。
坐在書桌前寫東西，隱約聽到很細微的咚一聲。
像是李珊藍敲天花板叫我的聲音，但太輕了，而且也不該只有一下。
我側耳傾聽，隔了約 20 秒，又是一聲咚。
雖然聲音已大了點，但還是太輕。
如果眞是她叫我，爲什麼這兩下的時間間隔這麼長？

放下筆，猶豫了一分鐘，最後決定還是下樓看看。
李珊藍的房門開了一條縫，清晰的白色光線透出，我便推開門。

214

她躺在地板上，蜷縮著身體，我大吃一驚：『妳怎麼了？』

「我……」她講話似乎很吃力，「我肚子痛。」

『是不是吃壞了東西？』

「我也不知道。」

『很疼嗎？』

「嗯。」她的雙眉糾結，緩緩點了點頭。

看了看錶，已經快12點了，醫院都關門了，只剩急診處開著。

走到巷口招計程車的路對她而言可能太遠，而且現在也不好叫車。

我立刻衝上樓拿件最厚重的外套，讓她穿上後，再幫她穿上我的雨衣。

發動機車，要她從後雙手環抱我的腰，然後十指相扣。

我單手騎車，另一手抓緊她雙手手指，生怕她因力不從心而滑落車下。

頂著低溫的雨，小心轉彎，我花了七分鐘到急診處。

急診處的人很多，而且所有人的動作分成兩種極端的對比：

動作極迅速的醫生和護士；動作極緩慢的病患和扶著病患的家屬。

去掛號前，我問她痛的部位在哪？她手按著肚臍下方。

「肚子痛嗎？」掛號窗口的護士小姐說，「是不是右下腹部？」

『不是。』我回答。

「如果是右下腹部劇痛，就是盲腸炎。」她說。

量完血壓和體溫後，護士小姐叫我們坐著稍等。

我坐不住，起身走動時看到牆上寫著急診處理的先後順序。

排在前面大概是出血和休克之類的，腹痛之類的排在遙遠的天邊。

連牙齒出血都排在腹痛的前面。

回頭看見李珊藍始終癱坐在椅子上，雙眼緊閉，眉間及臉部都寫著痛。

突然有股衝動想朝她的臉打一拳，讓她牙齒出血，以縮短等待的時間。
在那漫長等待的十分鐘內，我重複了20幾次起身和坐下。

「肚子痛嗎？」坐在我旁邊一個看來像是病患家屬的中年婦人說：
「是不是右下腹部？」
『不是。』我忍著不耐，勉強回答。
「如果是右下腹部劇痛，就是盲腸炎。」她又說。
現在是怎樣？
難道說肚子痛一定是盲腸炎、屁股痛一定是長痔瘡嗎？

我無法再等待了，再等下去我會抓狂。
瞥見走道角落有張移動病床，我扶起李珊藍走到病床邊，讓她躺下。
我推著病床往裡走，才走了七八步，一位年輕的男醫師迎面走來。
「肚子痛嗎？」他看了一眼躺在床上的李珊藍。
『嗯。』我點點頭。
「是不是右下腹部？」他說，「如果是右下腹部劇痛……」
『不是盲腸炎！』我粗魯地打斷他。

他嚇了一跳，雙眼呆望著我。我覺得自己太衝動，也很失禮，便說：
『對不起。』
「沒關係。」他反而笑了笑，「我可以體會你的心情。」
他戴上聽診器低身簡單檢查一下她，沉吟一會後，摘下聽診器說：
「看她疼痛的樣子很像盲腸炎。但既然不是盲腸炎的話，嗯……」

他叫來了一個護士小姐，將李珊藍推進急診觀察室。
抽了一些血，吊了瓶點滴，並在病床上掛個紅底黑字的牌子，

上面寫著：禁食。

『她怎麼了？』我問。

「先觀察一下。」他說，「再看看驗血的結果。」

醫師走後，我站在病床邊對她說：

『早叫妳別吃過期的東西，妳偏不聽。』

「你一定要現在說這些嗎？」她睜開眼睛說。

『這是機會教育。』我說。

她哼了一聲，閉上眼睛。

過了一會她又睜開眼睛，說：「你全身都淋濕了。」

『沒關係。待會就乾了。』我說。

「你怎麼隔了那麼久才下樓找我？」

『妳敲天花板的力道太輕，間隔又長，我還以為聽錯。』

「你再晚幾分鐘下來，我恐怕就死了。」

『胡說。』我看了看錶，『已過了約半小時，妳還不是活得好好的。』

「這是跟病人說話的態度嗎？」

我簡單笑了笑。看看四周，幾十張病床上躺滿了病患。

『還很疼嗎？』我問。

「已經好一點了，不過還是很疼。醫生怎麼說？」

『他說妳很漂亮。』

「對。」她淡淡笑了笑，「這才是跟病人說話的態度。」

我稍微放鬆心情，這才感覺到身上的雨水與汗水所造成的黏膩。

「要開刀嗎？」她問。

『不知道。』我搖搖頭。

「如果要開刀就開吧，不過要縫合時記得叫醫生縫得漂亮一點。」

『要不要順便叫醫生在妳肚皮上縫隻孔雀？』

「那樣最好。」她說。

我們又聊了一會天，李珊藍的神情不再像剛進醫院時那般萎靡。

左邊病床上是個胃出血的老年人，剛吐了半臉盆的血；

右邊病床上是臉部被玻璃割傷的小女孩，一直哭著喊痛。

比較起來，我們算幸運的，但也不免感染到別人的痛苦。

瞥見剛剛的男醫師朝我招手，我立刻離開病床走向他。

「這一欄是白血球數目。」

他指著一個數字，我低頭看了看，一萬九千六百多。

「正常數目在四千到一萬之間。」他說，「如果接近兩萬，病人可能有
　意識模糊的情形。但看你們談話的樣子，她好像很正常。這……」

他想了一下，決定再抽一次血，並告訴我：

「如果她狀況不穩定，隨時通知我。」

醫生抽完血，又掛了另一個紅底黑字的牌子，上面寫著：禁水。

他走後，我仔細觀察她的神情，確實很清醒也很正常。

但突然想到她是隻驕傲的孔雀，她會不會因不想示弱而故作鎮定？

『妳的提款卡密碼是多少？』想了一會後，我問。

「問這幹嘛？」她說。

『只是想知道而已。』

「別傻了，我死也不會說的。」

我鬆了一口氣。看來她的意識非常清醒。

「你知道我為什麼選孔雀嗎？」

『嗯？』我先是驚訝她突然這麼問，隨即搖搖頭說：『不知道。』

「據說獵人喜歡利用雨天捕捉孔雀，因為雨水會將孔雀的大尾巴弄濕
　而變重，孔雀怕雨中起飛會傷了羽毛，於是不管獵人靠得再近，牠
　絕對動也不動，選擇束手就縛、任人宰割。」

『是這樣嗎？』我很好奇，『雖然不能飛，但總可以跑吧？』

「孔雀很愛護牠那美麗的羽毛，尤其是尾巴，牠平時不太飛正是因為
　不希望弄傷或弄掉羽毛。在獵人的槍口下，孔雀既不飛、也不跑，
　因為倉皇奔跑時，尾巴一定會拖在泥濘裡。所以孔雀寧願站著等死
　也不想逃命，怕傷了一身華麗。」

她說這段話時，眼睛直視天花板，並未看著我。

「大家都說孔雀貪慕虛榮，為了愛美連性命也不要，可謂因小失大。
　但如果孔雀不能開屏、不能擁有一身華麗，那麼活著還有意義嗎？」

正思索著該如何接她的話時，她又自顧自地往下說：

「所有動物都認為生命是最重要的，但孔雀不同，牠認為信仰比生命
　重要，而牠那美麗的羽毛就是牠的信仰。即使面臨死亡的威脅，牠
　依然捍衛牠的信仰。」

我注視著她，發覺她的神情很平靜，語氣也很平淡。

「人們把孔雀編成負面教材，教育孩子千萬別學孔雀的驕傲與虛榮。
　孔雀沒有朋友，也沒有瞭解牠的人，牠明明具有高貴的信仰，大家
　卻只會說牠驕傲、虛榮，牠一定很寂寞。」

說到這裡，她停頓了一下，輕輕嘆口氣後，接著說：

「孔雀這麼寂寞，我當然選牠。」

我終於知道李珊藍選孔雀的理由。
以前很討厭別人對選孔雀的人的偏見，沒想到自己對孔雀也有偏見。
但現在是偏見也好，不是偏見也罷，都無所謂。
我和她都是選孔雀的人，雖然選孔雀的理由不同，
但都因為選了孔雀而被認為虛榮。

她不再說話，只是看著天花板，好像天花板是一大片藍色的海。
然後她轉頭看著我。我們目光相對，沒有說話。
過了很久，她突然開口：「5169。」
『嗯？』
「5169，我的提款卡密碼。」
她說完後，竟指著我微微一笑。

我突然會意過來，驚覺她的意識可能開始模糊。
匆忙轉身卻撞到隔壁病床的點滴架，架子晃了兩下後我才將它扶正。
然後慌張地去找那個醫師。

🌲 🌲 🌲 🌲 🌲 🌲 🌲

醫生趕來幫李珊藍打了兩針，又換了另一種點滴瓶。
由於開刀是件大事，再加上我也不知道該如何聯絡李珊藍的家屬，
因此他還是建議多觀察，萬不得已時才開刀。
所幸她的狀況逐漸穩定，白血球數目也開始下降。
當她終於擺脫劇痛而沉睡時，已經凌晨四點了。

我回家簡單睡個覺，隔天一早又到醫院的急診處。

她似乎睡得很香甜，表情非常安詳。

我出去買了份報紙，找了張椅子，坐在病床邊看報紙。

報紙看完後，她還沒醒，這才發覺肚子有些餓，便又出去吃早餐。

再回來時，她剛好醒過來。

『好點沒？』我問。

「好多了。」她說。

我呼出一口長長的氣，然後笑了笑。

「折騰了你一晚，真不好意思。」她說。

『不會的。』我說。

李珊藍一共在急診觀察室待了三晚，我也陪了她三晚。

她隔壁的病床上不停換著病患，大部分的病患頂多待一晚。

因為症狀輕的，經治療或包紮後就回家休養；症狀嚴重的就直接住院。

像她這樣不上不下的待了三晚，非常少見。

禁食和禁水的牌子一直都在，她因為沒吃東西也沒喝水以致嘴唇乾裂。

這段期間內，我總是攙扶著她上洗手間。

但在洗手間前十步，她會堅持要我留步讓她自己走。

我也更清楚知道她沒什麼朋友，因為除了我之外，沒有人來探望她。

辦完出院手續，我載她回家。她一進家門便說：「真是歷劫歸來。」

我先讓她休息，然後出門買些米和罐頭，回來煮了鍋稀飯。

她捧著碗的左手有些顫抖，連舉筷的右手似乎也拿不穩。

『只是一頓稀飯而已，妳不必感動，也不必激動。』
「笨蛋。」她說，「我是三天沒吃飯，渾身無力而已。」

連續一個禮拜，我一直提著心，晚上睡覺不關房門，睡得也不安穩，
怕她突然又出狀況。
一個禮拜過去後，見她一切都很正常，才把心放下。
然後我撥了通電話給榮安，告訴他我已經確定喜歡李珊藍了。
他在電話那端又吠又叫，很興奮的樣子。

確定喜歡李珊藍這件事，讓我在接下來幾天面對她時覺得不自在。
我像隻驕傲的孔雀，爲了掩飾這種不自在，只得裝作若無其事。
或許我該好好學習該如何開屏以展現一身燦爛，吸引她的目光。
畢竟我和她都是選孔雀的人，一旦我能自在隨性地在她面前開屏，
她應該就能懂的。

畢業論文口試前幾天，爲了放鬆自己緊張的心情，我一個人去 Yum。
很久沒看到小雲了，想跟她聊聊天。
進了店裡剛在老位置坐下，竟看到一張熟悉的臉孔。
葦庭也在。

緣分是很奇怪的東西，它可以促進一段感情的產生；
但若感情不在了，再多的緣分只會造成更多的尷尬而已。
我很尷尬，葦庭應該也尷尬，連小雲的臉上也寫著尷尬。

「先生，請問您要喝點什麼？」小雲打破沉默，用很客氣的口吻說。
我先是納悶，心下隨即雪亮，原來這小子故意裝陌生來逃避尷尬。

『喂，別裝了，我和妳很熟的。』我說，『老規矩，妳煮的咖啡。』
小雲無奈地笑了笑，轉身煮咖啡。

一直到咖啡煮好前，我和葦庭都沒說話。
小雲煮好咖啡端到我面前時，我才開口問葦庭：『妳怎麼會在？』
葦庭遲疑一下，說：「我要結婚了，來邀小雲參加喜宴。」
『這是好事啊。』我說。
「沒人說是壞事吧。」小雲說。
「對呀。」葦庭說。

我們三人又沉默了。
葦庭終於又開口：「我也很歡迎你來參加喜宴。」
『妳明知道我不會去的，幹嘛要賺我的紅包呢？』我笑了笑，說：
『不過我還是會祝福妳的。』
「你果然是選孔雀的人。」葦庭說。
我臉色微微一變。

葦庭看見我的反應，便說：「對不起。」
『幹嘛道歉？』我說。
「我知道你不喜歡人家說你是選孔雀的人。」
『不。』我搖搖頭後，說：『我很慶幸選了孔雀。』
葦庭和小雲互相看了看，同感驚訝。

我將剩下一半的咖啡一口喝盡，站起身對葦庭說：『先恭喜妳了。』
「謝謝。」她笑了笑。
『他選什麼動物？』我問。

「他也選羊。」

『眞是一大的捲簾格。』

「一大？」她很疑惑，「捲簾格？」

『一大合起來便成天，也就是合之作天。捲簾格是指謎底要由下而上倒過來唸，所以就是天作之合。』

「謝謝。」她弄懂了，便笑了笑。

我試著讓自己看起來像是從容離開 Yum，卻還是忘了付咖啡錢。

回到家，剛推開院子鐵門時，發現李珊藍站在院子。

「怎麼這麼早回來？」

『怎麼這麼早回來？』

我們幾乎是異口同聲。

『今晚沒到研究室，一個人跑去 Yum，結果竟然碰見去送結婚喜帖的前女友，所以提前回來了。』我先開口回答她，『說完了。』

「你沒任何反應？」

『如果我選馬，可能立刻開溜，因爲怕她糾纏我；如果我選牛，可能會客套應酬，因爲怕她先生以後跟有我事業往來；如果我選老虎，可能會把水往她臉上一潑，然後掉頭就走；如果我選羊，我可能在她的婚禮上大喊：別嫁他！我才是眞正用生命愛著妳的人！』

「但你選的是孔雀呀。」

『所以我優雅地站起身，並說了個有氣質的燈謎當作祝福。離開時，連咖啡錢也沒付。』

「果然是選孔雀的人。」她笑著說，「總算沒丟孔雀的臉。」

224

『輪到妳了。』我說，『這個時間妳應該在中國娃娃吧？』

「我不在那裡上班了，因為我怕會變成熱舞女郎。」她回答。

『為什麼？』我很驚訝。

「她們賺錢似乎很容易，這種誘惑對我來說越來越大。我怕有天抗拒不了誘惑，我就不是你所認識的那個李珊藍了。」

『什麼時候辭掉的？』

「我出院後第三天。」

「對了。」她又說，「超市的工作我也辭了。」

『為什麼？』我更驚訝。

「在那家超市工作的最大好處，就是常有免費的過期食物可拿。既然我以後都不吃過期的東西，那就沒必要再去工作了。」

『妳終於肯聽我的話了。』

「如果再不聽，我就不是你所認識的那個李珊藍了。」

我笑了笑，掛心的事少了一件。

『超市的工作是什麼時候辭的？』

「也是我出院後第三天。」

『妳還有什麼轉變是在出院後第三天所發生，而我並不知道的？』

「有。」

『什麼轉變？』

「我覺得認識另一個選孔雀的人真好。」

說完後，她笑了笑。

『其實妳出院後第三天，我也有個轉變。』

孔雀森林

「什麼轉變？」

『我很慶幸自己也選了孔雀。』

「即使被認為虛榮也無所謂？」

『是啊。』我說，『無所謂了。』

雖然沒有獵人舉著槍站在面前，但我們兩隻孔雀卻幾乎動也不動。

我努力試著開屏，她似乎在等我開屏。

🌲　🌲　🌲　🌲　🌲　🌲　🌲

口試當天，我繫上 Martini 先生送的那條領帶。

沒什麼特別意義，只是直覺會帶來好運而已。

口試的過程果然很順利，論文沒什麼大問題。

大概再花一個月時間修改，就可以拿到學位了。

口試一結束，我帶著李珊藍到 Yum 找小雲慶祝。

小雲請客，我和李珊藍各喝了兩杯酒。

她們雖是第一次見面，卻似乎很投緣，我們三人聊了一整個晚上。

臨走前，小雲曖昧地對我說：「恭喜你了。」

不知道她真正的意思是恭喜我畢業？還是恭喜我找到李珊藍這女孩？

論文修訂稿快完成前幾天，指導教授告訴我一個訊息。

美國加州柏克萊大學有個做研究的機會，剛好也跟我的論文相關，

只要我有興趣，他可以幫我寫推薦函。

這是個大好機會，不僅可以進修、又有錢拿；

最重要的是，將來回台灣後，由於也算喝過洋墨水的關係，

因此謀個教職或是找其他的工作便容易多了。

「要去多久？」小雲聽我說完後，便問。

『兩年吧。』我回答。

「然後呢？」

『也許回台灣；也許發現那邊的工作環境好，就留在美國也說不定。』

「你想留就可以留嗎？」

『像我這麼優秀的人才，搞不好美國總統親自來拜託我留在美國呢。』

「你想太多了。」小雲笑了起來。

停止笑聲後，小雲說：「在你想太多的過程中，有想過李珊藍嗎？」

我楞了楞，然後搖頭說：『盡量不去想。』

「為什麼不想呢？」

『想了又如何？帶她一起去美國？叫她在台灣等我兩年？這些都不是好主意吧。更何況我也不知道她是否喜歡我，想這些也太遠了。』

我玩弄著手指，有些不安。

「你當初念博士，是為了將來要待在學術界嗎？」

小雲問完後，拉了張椅子在吧台內坐了下來，正對著我。

『不是。』我搖搖頭，『那時只覺得學校是座安全的森林，想繼續待在裡面念書而已。』

「你終究得離開森林。不是嗎？」

『是啊。』

「你真的想去美國嗎？」

『這並不是想不想的問題。』我說，『留過學畢竟不一樣，那彷彿是在

身上鍍了一層金啊。』
「如果李珊藍也很喜歡你，但她卻希望你留在台灣。你如何選擇？」
『我……』想了很久，我咬著牙說：『我還是會出去！』
小雲不說話了。

我們沉默許久，小雲才緩緩開口：「你回來後，也許這裡就不在了。」
『咦？』我嚇了一跳，『什麼意思？』
「我累了。」她淡淡笑了笑，「想休息一陣，或者換個地方生活。」
『這家店怎麼辦？』
「我會交給小蘭打理。」
『就這麼放棄太可惜了吧？』我下意識看了看四周，『這……』
「嘿，我是選馬的人，過得開心自在最重要。」

我啞口無言。
小雲並沒有猶豫為難不捨心疼的神情，反而很輕鬆。
彷彿這對她而言，只是一道簡單的選擇題而已。
她選擇最重要的，其他一笑置之。

我突然發現剛剛也做了道選擇題，我選了美國，放棄李珊藍。
而我選擇美國的原因竟然不是因為我想去，而是它背後所代表的，
日後可能帶來的名與利，以及虛榮。
這就是那個心理測驗中，孔雀的象徵意義啊。
之前以為自己是個選了孔雀卻不像選孔雀的人，
於是自命清高、自認被誤解而委屈、自覺莫名奇妙背負選孔雀的原罪；
但沒想到這其實只是我一直沒碰到選擇題而已。
一旦事關前途、事關身上是否鍍了層金，其他的東西便全拋下了。

原來我的潛意識裡，完完全全是選孔雀的本質。
想到這裡，我感到血液凍結、全身冰冷。

認清自己果然是選孔雀的人後，想到這些年來對那個心理測驗的排斥，
不禁感到有些可笑，也有些悲哀。
既然我無法改變自己的本質，而且也已做了選擇，那就誠實面對吧。
我一面辦理畢業的離校手續，一面辦理出國的手續。

我還沒打算告訴李珊藍，甚至覺得不告訴她也無所謂。
她似乎沒發覺我的轉變，我們的相處模式也仍然照舊。
開始打包行李那晚，地板又傳來咚咚兩聲，我放下手上的東西走下樓。
『這些是什麼？』進了她房間後，我指著地上一堆東西問。
「手工製成的一些手創品。」她回答，「台北現在很流行哦。」
『喔。』
我蹲下身，挑了一兩樣放在手心仔細檢視。

「你覺得如何？」她盤腿坐下，「我問過一些人的意見，有人說好看，
　但也有人說難看。」
『我的意見就是這兩個意見加起來。』
「什麼意思？」
『好難看。』
「喂。」

我站起身，笑了笑說：『打算到台北賣這些？』
「嗯。」她點點頭。

『那祝妳生意興隆。』
她抬起頭看了看我，似乎覺得我說話的口吻很不可思議。
我沒多說什麼，跟小狗玩一會後便上樓。

我蹲下身跪著左腳，剛將一大堆書本裝箱準備用膠帶封上時，
她突然出現在房門口，說：「忘了告訴你，我找到新工作……」
但她說到一半便停住了。
我也停下動作，靜靜看著她。
「你在做什麼？」
過了一會，她終於開口詢問。

『我要去美國了。』
一面說，一面撕開膠帶，發出裂帛聲。
我們同時被這刺耳尖銳的聲音所震懾，於是像兩個被點了穴道的人，
雖互相注視，卻無法動彈。
我彷彿可以聽到牆上時鐘的滴答，和自己心跳的撲通。

過了許久，她先解開穴道，呼出一口氣後，說：
「你喜歡美國嗎？」
『不喜歡。』
「那為什麼要去美國？」
『因為對我的未來有幫助。』
膠帶順著紙箱的接合處一路往前，紙箱終於閉上了嘴。

「到美國後，記得幫我跟柯林頓問好。」
『美國總統早就不是柯林頓了，現在是布希。』

「怎麼跟以前打波斯灣戰爭的那個布希名字一樣？」

『他是以前那個布希的兒子，布希是姓，不是名。』

「美國是他們家開的企業嗎，怎麼父子倆都當總統呢？」

『我不知道。不過現在的布希也打波斯灣戰爭。』

「父子倆同樣不要臉。」

『對。』

她走進房間，閒晃似的四處看看，漫不經心地說：

「這麼不要臉的人當總統，你幹嘛還去美國呢？」

我答不上話，只得苦笑。

她在房間內走了半圈，終於停下腳步，背對著我。

半個人高的紙箱隔在我們中間，像是一道障礙。

「我們認識多久了？」她沒回頭。

『兩年多了。』我想了一下後，回答。

「你覺得我這個人怎樣？」

『不管別人認為妳如何，但我覺得妳很不錯。』

「不可能。」她搖搖頭，「你一定覺得我很差勁，要不然你不會連要去
美國這種大事都不想告訴我。」

『不是這樣的。我只是……』我吞吞吐吐，『只是……』

「只是什麼？」她依然沒回頭。

『算了。』我說，『也沒什麼。』

「你到底說不說？」

『我不知道該不該說，也不知道該如何說。』

「別婆婆媽媽的，不要忘了，你是選孔雀的人。」

聽到孔雀這名詞，我的心像被針刺了一下。

『對，我是選孔雀的人。』凝視她的背影許久後，我終於開口：
『所以我雖然喜歡妳，但我還是要去美國。』
原先以為應該在森林僻靜處，當陽光從茂密樹葉間點點灑落在身上時，
我才會突然開屏，而她則驚訝於我的一身華麗；
沒想到竟會在這種場合、這種氣氛下開口說我喜歡她。

她慢慢轉身朝向我，臉上看不出情緒，淡淡地說：
「在你去美國前，我想說些話鼓勵你。」
我點了點頭，豎起耳朵。
「你是個沒用的男人！」
我嚇了一跳，心臟差點從嘴巴跳出來。

「人會奮發向上，常是因為被歧視、被侮辱或被欺負。」她微微一笑，
「歷史上最有名的例子是韓信的胯下之辱，還有伍子胥、張儀也是。」
『所以呢？』
「所以我現在要用韓信式的鼓勵法，激勵你奮發向上。」
『可不可以不要用韓信？像王寶釧會用苦守寒窯來激勵薛平貴啊。』
「不行。我一定要用韓信。」她說，「仔細聽好了。」

「你只會念書，什麼都不會，終將一事無成。」
「你虛偽、自私，完全不顧他人感受，只想到自己。」
「你是無價的。換句話說，就是沒有價值的。」
「你不懂體諒、不懂付出，只知道一昧需索，所以你女友不要你。」
「你別以為自己渴望愛情，其實你根本不需要愛情，你只想擁有一切

滿足虛榮。擁有才會使你快樂，但愛並不會！」
「你懶散怠惰、不思積極進取，就像中國的四大發明一樣，你把用來
　航海的拿去算命、可以製造火箭的你卻只知道放煙火。」
「你以爲去美國就能飛黃騰達嗎？不，你一定會落魄街頭，伸出黃色
　的手心，乞討白色的憐憫。」

雖然不知道她說這些話的眞正用意，也許借題發揮、也許指桑罵槐、
也許眞是要我學韓信，我一點都不在意。
我只是略低下頭，任由這些言語像蚊子般鑽進耳裡，但我的心如坦克，
不會受到絲毫影響。

「你只是……」她略顯激動，呼吸有些急促，平復胸口後，大聲說：
「你只是一隻虛榮的孔雀！」
胸口終於受到重擊，我覺得受傷了，抬頭看了看她。
她的臉已脹紅，呆立了一陣，清醒後立刻跑下樓。

在她轉身的那一瞬間，我好像看見她妹妹來了。
珊藍跟淚下終於聚在一起，組成了潸然淚下。

緩緩站起身，雙腳已因半跪太久而痠麻，稍微搓揉後頹然坐在紙箱上。
想跟自己說些什麼，卻連開口都很困難。
感覺自己像紙箱一樣被封住嘴，甚至連心也封住了。
然後我聽到地板傳來咚一聲。
幾秒後，再一聲咚。
我努力平復情緒，情緒穩定後便站起身，打算下樓找她。

突然又響起一聲咚。

前後總共三下，我心跳加速、全身緊張，雙腿一軟又坐了下來。

腦海浮現她第一次來這裡時所說的那首歌：《Knock Three Times》。

敲三下表示她喜歡他。

我彷彿回到那時候，聽見她的歌聲。

Oh my darling knock three times on the ceiling if you want me……

歌聲在腦海裡流竄，所到之處也勾起這兩年來相處的記憶。

歌聲停止後，我開始正面面對美國和李珊藍的選擇題。

我跟小雲不同，面臨這種選擇題時只感到痛苦和不安。

而痛苦的原因在於我心裡很清楚，我終究是會選美國。

可惡，為什麼我是選孔雀的人呢？

如果我選羊，該有多好？

我突然有股衝動，洩憤似的將紙箱上的膠帶撕開。

紙箱發出尖銳的呻吟聲，紙箱嘴邊的皮膚也被扯掉一些。

使勁舉腳踢開擋住我去路的紙箱，但紙箱太重了，腳掌反而受了傷。

顧不得疼痛，我邊跛著腳、邊跑下樓。

才跑到階梯一半的位置，便看見她已打開院子鐵門。

她回頭看了我一眼，燈光太暗，我看不清她臉上的神情。

然後她將頭轉回，奪門而出，關上鐵門。

鐵門發出猛烈的金屬撞擊聲，餘音久久不散。

我只看見藍色的背影消失在黑夜中。

連續兩天，我沒碰見李珊藍。
我不怎麼擔心她會消失不見，因為小狗還在。

決定先回老家一趟，順便把一些行李帶回。
在老家待了三天，除了跟親友敘敘舊外，也辦了很多雜事。
這些雜事都跟出國有關。
第四天，我坐火車回台南。

從台南車站回家的路上，會經過成大，我心血來潮便走進校園。
信步在校園走著，走著走著，走到以前上《性格心理學》的教室外。
選羊的柳葦庭、選老虎的劉瑋亭、選狗的榮安、選牛的機械系室友、
選孔雀的施祥益和我，曾經共同在這間教室待過。
屈指一算，離開這裡也已經八年了。

「你在森林裡養了好幾種動物，馬、牛、羊、老虎和孔雀。如果有天
　你必須離開森林，而且只能帶一種動物離開，你會帶哪種動物？」
教室內突然傳來教授熟悉的聲音，我心裡一驚，停下腳步。
沒多久教室內便是一陣嬉鬧，八年前的景象突然近在眼前。
「選馬的同學請舉手。」
又聽到「馬的」，我淡淡笑了笑，便走開了。

我在隔壁棟大樓走廊內的水泥欄杆上坐了下來，回想逝去的日子。
葦庭已嫁人，劉瑋亭和我都在今年拿到博士學位，榮安現在在宜蘭；
至於施祥益，雖然希望他事業失敗，但聽說他的補習班又多開了兩家。

正在感慨時，迎面走來一個五十歲左右的中年男子。

『老師好。』

我從水泥欄杆上彈起。

他推了推鼻樑上的眼鏡，微笑說：「你上過我的課吧。」

『嗯。』我點點頭。

「你在森林裡養了好幾種動物，馬、牛、羊、老虎和孔雀。如果有天
　你必須離開森林，而且只能帶一種動物離開，你會帶哪種動物？」

『老師。』我回答，『我選孔雀。』

他仔細看了我一眼，眼神中帶著些許好奇。

雖然知道接下來的問題可能有些不禮貌，但最後還是鼓起勇氣問：

『老師，這個心理測驗準嗎？』

他把手中的課本隨手擱在水泥欄杆上，然後說：

「Roger Brown 曾經講過一段話。」

『他是誰？』

「他算是一個有名的心理學家，我常在課堂上提到他。」

『對不起。』臉上微微一紅，『我不是個用功的學生。』

「沒關係。」他反而笑了笑。

「這段話的大意是：心理學家往往在即將可以用一個機械式理論解釋
　人類複雜的心理歷程時，感到雀躍不已。」

他說到這裡時頓了頓，然後像怕我不懂似的補充說明：

「人類的心理歷程其實是富有智慧與彈性的心理歷程。」

『嗯。』我點點頭，表示理解。

「但有時在最後一刻，這種機械式理論被證明出來不僅完全無法解釋
　人類的心理歷程，還會突然迸出一些無法捉摸的現象。」
他說這段話時，臉上始終帶著祥和的笑容。
我不發一語，默默思考他的話。

「讓我回到你問這個心理測驗準不準的問題。猜猜看，我選什麼？」
『我不會猜。』
「猜猜看嘛，猜錯我又不會當人。」他笑了笑。
『難道老師也選孔雀？』
「沒錯。」他點點頭，「因為在這五種動物中，只有孔雀是兩隻腳。
　我覺得牠也許會被其他動物排擠而沒有朋友，所以我選孔雀。身為
　老師，總會特別關心坐在角落、看起來很寂寞的學生。」

『那老師像……』我有些難以啓齒，『像選孔雀的人嗎？』
他聽完後哈哈大笑，笑聲停止後，說：
「我放棄台北的高薪，跑來台南教你們這群不用功的學生。你說呢？」
原來教授、李珊藍、Martini 先生、施祥益、我、即使包括金吉麥，
雖然都選了孔雀，但我們各自有不同的選擇理由。
這其中有的是道地選孔雀的人；有的則完全不像。

「你為什麼選孔雀？」他問。
『我……』
「沒關係。」他說，「再奇怪的理由，我都可以接受。」
我將思緒回到八年前第一次聽到這個心理測驗的情景，然後說：
『是因為孔雀的眼神。』
「眼神？」

孔雀森林

『所有的動物一定都想跟著我離開森林。但孔雀那麼驕傲，絕對不肯
　乞求，所以牠的眼神應該帶點悲傷，甚至在我做選擇的時候，牠會
　遠遠避開。可是我如果不選孔雀，牠一定活不下去。』

「活不下去？」

『小時候同學常抓麻雀來養，但麻雀被綁著以後，會不吃不喝，甚至
　會咬舌自盡。我覺得孔雀和麻雀一樣，只要我一離開森林，牠一定
　不想活下去。』

「記不記得我說過這個測驗的問法有很多種？」他掏出手帕擦擦眼鏡，
「我現在用另一種問法問你。」

『老師請說。』

「如果森林發生大火，你只能帶一種動物離開，你會帶哪種動物？」

『孔雀。』我回答。

「為什麼？」

『孔雀跑得最慢又不太會飛，如果不帶著牠，牠會被燒死的。』

「如果洪水侵襲森林，你只能帶一種動物離開，你會帶哪種動物？」

『還是孔雀。』

「為什麼？」

『孔雀不會游泳，一定會淹死。』

「那麼以這個心理測驗的機械式理論而言，你確實是選孔雀的人。」
他微微點個頭，「再多告訴老師一些你選孔雀的理由。」

『孔雀心裡很明白，牠無法在大火和洪水中存活下來，卻不肯求援。
　牠只是站得遠遠的，靜靜看著我，眼神充滿著悲傷，而且努力壓抑

眼神中的悲傷以免被我察覺。我不知道最想帶哪種動物離開森林，
　只知道如果不帶著孔雀，牠一定會死。我⋯⋯』
話沒說完，我突然感到濃烈的悲傷，喉嚨也哽住。
因為我已將孔雀的眼神和李珊藍的眼神重疊在一起。
清了清喉嚨後，才又開口問：『老師，我真的是選孔雀的人嗎？』

「人的心理歷程是軟的而且具彈性，機械式理論是很難預測的，也會
　常出錯。」他的眼神變得很慈祥，拍了拍我肩膀後，說：
「孩子，你要記住：別人不能論斷你，心理測驗也不能；只有你自己
　才可以。」
說完後，他拿起水泥欄杆上的課本，朝我微微一笑後，便離開了。

我在原地想了很久，回過神後，才慢慢往大榕樹走去。
在樹下席地而坐沒多久，便聽見身後傳來一個女孩子的聲音：
「剛剛課堂上的心理測驗，都沒看見你舉手，你到底要選什麼？」
回過頭，一對看似情侶的男女坐在另一邊樹下。
「我都不選。」男孩回答。

「為什麼？」
「只要我選了一種，就對其他四種動物不公平，所以我都不想選。」
「不行！你一定要選一種，即使你不想選。」
「嗯？」
「別以為你全部不選是重感情的表現，因為選了一種，只對其他四種
　不公平；但若不選，便對五種動物都不公平。」女孩的語氣很堅定，
「所以一定要選擇，並帶所選的動物離開森林，不管那是什麼動物！」
男孩楞了楞，沒有答話。

我也楞了楞。

如果那五種動物中不包括孔雀，我可能也跟那男生一樣，乾脆不選擇；

但我已做出選擇，選了孔雀。

不管孔雀在那個心裡測驗中是否可以代表金錢及虛榮，或者美國，

我現在只知道李珊藍是孔雀、孔雀代表李珊藍。

我可以帶著孔雀離開森林啊，這是我的權利，也是孔雀的權利。

匆忙站起身，朝家的方向拔腿狂奔。

一進院子，還來不及喘氣，便猛敲李珊藍的房門。

我衝動到忘記禮貌和曾經發過的誓，伸手扭轉門把，房門沒上鎖。

只看了一眼，雙腳突然變成石塊，僵住了很久很久。

等雙腳可以移動後，我走回院子，緩緩在階梯上坐了下來。

我很清楚李珊藍走了，是那種不回頭的走法。

因為小狗不見了。

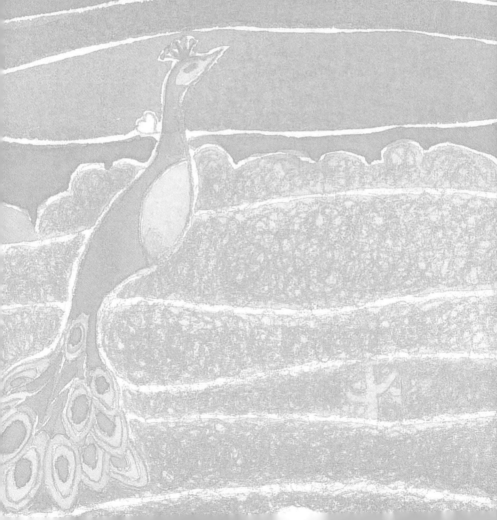

Chapter 10
等待開屏

孔雀森林

‡ ‡ ‡ ‡ ‡ ‡ ‡

房東說，在我坐火車回台南的前一天，李珊藍便搬走了。
沒說要去哪裡，也沒留下隻字片語。
我希望帶著孔雀離開森林，但驕傲的孔雀卻選擇遠遠避開，
不讓我為難。

我打包剩下的東西，打算什麼東西也不留下。
只剩掛在牆上，李珊藍送我的那件藍色夾克。
拿起夾克，發現它遮住的牆上寫了一些紅色的字。

「我會驕傲地留在森林，或是走進另一座森林。
　雖然我註定無法開屏，但你可以。
　祝你開屏。

　　　　　　　　　　李珊藍」

我曾告訴她，如果遇見真正喜歡的人，我會寫情書。
所以我寫了封情書，收信人是李珊藍。
署名不再用柯子龍，而是用本名蔡智淵。
將這封情書貼在牆上，與黑色的字、藍色的字、紅色的字混在一起。

臨走前，順便幫房東找新房客。
只花了一天便找到新房客，是個30歲左右的年輕男子。
他一走進樓上的房間，便被那片落地窗吸引住目光。
凝視落地窗許久後，他終於開口：
「這片落地窗好像千年未曾有人造訪的火山湖，寧靜深邃、晶瑩剔透。

雖然它不會說話，但我感覺它正浮上滿滿的文字靜靜訴說一個故事。
太棒了！我一定要住這裡。」

他越說越興奮，說完後轉頭看到一臉疑惑的我，不好意思笑了笑說：
「我是寫小說的，一個三流的作家。」
我淡淡笑了笑，沒說什麼。
「咦？」他注視著床邊的牆，「牆上怎麼會有一封信？」
他轉頭看著我，目光正尋求解答。

我看了他一會，便問了那個心理測驗：
『你在森林裡養了好幾種動物，馬、牛、羊、老虎和孔雀。如果有天
你必須離開森林，而且只能帶一種動物離開，你會帶哪種動物？』

他想了很久，回答：「那我就不離開森林。」
我愣了愣，又問：『如果森林發生大火，或是洪水侵襲森林呢？』
「我還是不會離開森林。」他說。
『為什麼？』

「這些動物都是我養的，不管我喜不喜歡。在這個世界上，我們彼此
擁有，也只擁有彼此。我沒有權利、也不想決定哪種動物可以活、
哪些動物該死。唯一能做的，就是陪著牠們，直到末日來臨。」
他的神情很認真，但過了一會便笑著說：「我的想法很怪吧？」
『不會。』我也笑了笑。

也許就像 Martini 先生覺得他跟我有緣於是告訴我他的故事一樣，
我也覺得這個年輕作家跟我有緣。

『想聽那封信的故事嗎？』我指了指牆上。

「迫不及待。」他說。

我請他坐下，然後告訴他我的故事。

雖然他聽得津津有味，但始終沒插嘴。

「兩年後，你會回台灣吧？」聽完故事後，他問。

『即使布希總統跪著求我，並抱住我大腿，我還是會回來。』

「是為了李珊藍？」

『嗯。』我點點頭。

「是不是因為她已變成你右邊的石頭？」

『不只是這樣。』

「喔？」

『我選孔雀的理由是因為如果不選孔雀，牠便活不下去。但我也是隻
　孔雀啊，如果李珊藍沒有選我，我也活不下去。』

他沉默了許久，才開口說：

「我相信李珊藍一定會再回來這裡。」

『為什麼？』

「因為她知道你也會回來這裡。」

我笑了笑，覺得這個年輕的三流作家有股說不出的親切感。

「如果她回來，我會幫你轉交這封信。」他指了指牆上。

『謝謝。』我卸下了心頭重擔。

把身上的鑰匙交給他後，我跟他握了握手，轉身離開。

是那種心裡很清楚一定會再回來的離開。

終於要離開台灣這座森林了。

雖然榮安哇哇叫了半天，我還是堅持不讓他到機場送我。

我沒帶走任何一種動物，只有自己同行。

天快要亮了，這時候的夜最黑。

我一個人坐在空蕩的機場大廳裡，靜靜等待開屏。

_ The End _

寫在《孔雀森林》之後

這本書裡的心理測驗，不是我發明的，事實上它已經存在好一段時間了。

但版本倒是有好幾種，常見的有：

1. 你最先放棄哪種動物？然後依序放棄哪種動物？

2. 如果世界末日來臨，你只能帶一種動物離開，你帶哪種？

3. 世界發生大洪水，你只能帶一種動物上諾亞方舟，你帶哪種？

2、3的問法下，動物的代表意義都差不多。

有的版本甚至有鹿、大象和猴子等。

不過這並不是一本分析心理測驗精確度的小說，所以不必太執著。

心理測驗到底準不準？

第一個觀念是「準」的定義。

如果你預測明天會下雨100 mm，結果只下了60 mm。準嗎？

有人覺得你預測會下雨，結果真的下，那當然準。

有人卻覺得雨量只估到六成，不算準。

第二個觀念是能否由自身經驗判別準不準。

換句話說，如果心理測驗對你不準，可否說它不準？

又如果對你及你身邊的朋友準，可否能斷定它準？

再舉一個大家常碰到的問題：星座。

如果星座書上說天蠍座的人會長痔瘡，但你沒有，所以星座不準？

你有沒有想過其實可能是星座學家或星座書籍不對，而非星座不準？

就像你們班上考數學，有人拿到 90 分，有人只拿 20 分。

你會不會指著 20 分的考卷說：數學不準？

沒錯，你一定會認為關數學屁事，是那人自己考不好。

會不會星座或心理測驗也像數學一樣，它其實是對的，

只是研究它的人能力不夠？

畢竟面對知識的浩瀚大海，我們都只是在沙灘嬉戲的小孩。

所謂的「誤解」，通常來自於不夠了解。

面對科學無法或難以解釋的東西，只要有正確的態度即可。

嗤之以鼻或盲目相信都不算是正確的態度。

念初中時，曾有同學問過我一個心理測驗。

「早上起床後想吃蛋，你會希望看到：1 炒蛋、2 水煮蛋、3 荷包蛋？」

答案揭曉：回答 1 表示你是白癡；2 是笨蛋；3 是神經病。

或許你會發現，當你準備回答一個心理測驗時，

你已經被迫歸屬於各種答案所代表的人，雖然你可能什麼都不是。

更有甚者，有些心理測驗只是童年不快樂或心靈受創傷的人，

想證明自己不是世界上唯一悲慘的人所玩的遊戲而已。

好，讓我們平心靜氣，回到《孔雀森林》。
原先的設定，就是要以那個心理測驗中唯一的負面選項作主角。
沒錯，那就是代表金錢的孔雀。
大家的想法都一樣，我們不會覺得自尊或自由是負面，
而金錢這種東西，當然不能當作最重要的價值觀。
看來我們都被教育得很好。

念研究所時，有次朋友聚會聊天也提及《孔雀森林》中的心理測驗。
答案揭曉時，選孔雀的人照例被訕笑一番。
事後我問他選孔雀的理由是什麼？
「這些動物中，孔雀最沒有謀生能力。我不選牠，牠會活不下去的。」
他的語氣很平淡，神情也很輕鬆。
即使孔雀的象徵意義是絕世大淫魔他也無所謂，他只是想讓孔雀存活。

人們努力找尋某些框架以便套在各式各樣的人身上，
似乎這麼做可以幫助了解人、分類人，讓深奧的東西擁有表面上的定義。
被套上框架的人，如果不喜歡這框架，往往用盡一切力量掙脫。
其實這算白費力氣，因為去了一個框架，還會再來另一個新的框架。
直到套上一個喜歡的框架為止。

但有些人卻能自外於這些框架，簡單輕鬆地活著。
他們從不試著扭轉別人的刻板印象或定義，因為他們是為自己而活，
不是為了改變別人無聊的想法而活。
我們都在追尋自我，尋求自我價值的肯定。

重點不在於別人怎麼看你，而在於你怎麼看你自己？

有一部日劇叫《愛沒有明天》（鈴木保奈美、三上博史主演），
劇中也出現這個心理測驗。
裡面選孔雀的人當然是反派，選羊的自然是主角。
我們到底被賦予了何種權利去斷定選孔雀的人一定壞呢？

西方的魔鬼撒旦有一句名言：「虛榮是人類的原罪。」
只是虛榮對每個人的意義並不一樣，可能是金錢、權勢、地位、名聲等。
面對金錢的誘惑絲毫不為所動，未必較高尚，可能只因為他要的是權勢。
在撒旦的眼中，他和視財如命的人並無區別。
正如《孔雀森林》第七章的標題：只是選擇而已。

《孔雀森林》在2005年9月初版，距今兩年多。
我曾寫了篇序，說明原本篇名只叫《孔雀》；
也說明這部小說仍將因為痞子蔡這三個字而被視為愛情小說。
有人甚至認為應該叫「純愛小說」。

常有人問我：為什麼你總是寫純愛小說？
犀利一點的，甚至會問：你已30好幾，還寫純愛不覺得矯情嗎？
會這樣問的人，大概不知道安徒生70歲時還在寫童話故事吧。
我可從未聽過有人說安徒生到老還在裝可愛。
更何況「純」這個字是多餘的，因為愛情這東西本來就純。
所有複雜的東西不是愛情的本身，而是圍繞在愛情周圍的東西。
就像男人就是男人，你不會說成：不是女人的男人。
「不是女人」是贅詞，基本上沒有意義。

孔雀森林

所以不管我認不認同，《孔雀森林》還是會被歸類為愛情小說。

如果你問我：會不會想擺脫這個框架？

答案就在離此句533個字之前的那段敘述。

即使《孔雀森林》是愛情小說，也無所謂。

因為小說中選羊的非但不是主角，甚至還有那麼一點反派的味道。

以這點而言，《孔雀森林》算是帶點創新意味的愛情小說。

所以不管它算不算愛情小說，作者都有賺頭。

至於那個心理測驗中，我的選擇是什麼？

答案就是書末出現的三流作家的選擇。

因為我不忍只帶一種動物離開，於是不離開森林。

後來有人告訴我這種答案很自私。

憑什麼可以因為自己的不忍而斷了五種動物的生路呢？

本來牠們之中是可以有一種動物能夠繼續生存的啊。

我想想也對。

不過每個人在做選擇的當下，都有各自的理由，也很單純。

但做了選擇之後，別人怎麼看待你，那就複雜了。

就像蔡智淵自以為是善意的將錯就錯對待劉瑋亭，

但劉瑋亭卻覺得這是同情，對選老虎的她而言是種侮辱。

人的想法很複雜，所以我們只好盡量簡單。

書中Martini先生的六年之約，是真實故事。

「右邊的石頭」是我的比喻。

我認為在每個人心中，或多或少都有一塊，甚至好幾塊。
你可以試著面對自己，回想自己的生命歷程，
你就會知道你的石頭在哪了。

至於寄錯的情書，也許有人會覺得很扯。
但不好意思，這還真的發生過。
大三時我曾經幫班上同學寫過情書，代價是他得承認我很帥。
他告訴我，他喜歡上課時坐在他左手邊的外系女孩。
我費了很大的力氣查出女孩的科系和姓名，然後幫他寄了情書。
結果情書奏效了。

但他們第一次見面後，他卻告訴我，他喜歡的是右手邊的女孩。
「你在耍寶嗎？」我說。
「我上次由於緊張，所以說錯了。不是左手邊，而是右手邊。」他說。
「那怎麼辦？」
「左手邊的女孩也不錯啊。」他傻笑。

左手邊的女孩是自行車校隊選手，體力很好。
每當他們見面，總是先走一段長長的路（約走一個小時），再坐下來。
結束時也要走另一段長長的路。
雖然他們最終沒成為一對情侶，但維持好朋友的關係長達數年。
重點是，這段情誼讓他們的身體更健康。

簡單說到這（其實很囉唆），如果有沒說到而你感興趣的，請告訴我。
謝謝，再聯絡。

蔡智恆

2008年1月 於台南

孔雀森林

三版後記

《孔雀森林》在2005年9月第一次出版，2008年1月再版。
這是第三版，離初版隔了14年。

14年前那段寫作期間，腦子裡總浮現念高中時住過的小房間全景。
對14年前而言，我獨自搬進那間小房間是19年前的事；
但對2019的現在而言，已經是33年前的事。
搬進那個房間後，我便習慣與自己相處，生活裡沒別人的影子。
自己就是自己最好的朋友，也是唯一的伴侶。
某種意義上，那是我生命的起點。
就在這樣的氛圍下，我寫完《孔雀森林》。

《孔雀森林》是我的第七本小說，全文大約十萬兩千字。
2001年有個具神通的人告訴我，我這輩子總共會出七本書，
而那時的我只出了三本書。
「還可以再寫四本。」我那時心想。

寫《孔雀森林》時沒意識到這個問題，出書後看到書本側背印著：
「jht痞子蔡作品007」
我大吃一驚，沒想到這已經是第七本，也就是我這輩子最後一本了。

有些感傷、有些遺憾、有些落寞，但沒有不捨。
對我而言，寫作是隨順，可以寫就寫，不能寫就停，不必勉強。
緣分盡了，就放下看開，不必執著留戀。
寫作如此，愛情如此，生命的結束也該如此。

然而兩年後我卻出了第八本書——《暖暖》。
那年我很想寫兩岸青年男女在尷尬的時代氛圍中可能會發生的故事。
我有很強的寫作欲望，所以就動筆寫，也順利寫完。
動筆寫作前和寫作過程中，我只是專注於故事本身，
腦子裡從沒浮現「這輩子總共會出七本書」這個想法。
換言之，我既沒被那句話束縛，也沒有想逆天打破那句話的念頭。
我依然只是按照自己的行為模式，想寫就寫、不寫就停。

到了2019年的現在，我已經出了14本書。
而寫這篇後記的此刻，這個瞬間，我也正在寫一部小說。
也許明年就會有第15本書。
你可能會說：即使寫完小說，也不代表會出書，所以不能算15本。
很好，你的邏輯思考很完整，要好好保持這種思考能力。
但我的思考也不差，所以我用了「也許」。

因此對於「這輩子總共會出七本書」這說法，我會聽進去。

但我並沒有把它奉為圭臬，也沒有當作參考，更沒有嗤之以鼻。
我不是想打臉那個具神通的人，
也不是要證明自己可以突破命中註定；
我只是遵照內心，有想寫的欲望時，就寫吧。
如此而已。

這個小故事，有點像《孔雀森林》中那個心理測驗所代表的意涵。
如果人家都說你是什麼樣的人、會做什麼樣的事，那麼你會如何？
有段話你可以參考，就是這篇小說中最後教授說的那段話：
「別人不能論斷你，心理測驗也不能，只有你自己才可以。」

《孔雀森林》的初版和再版，我分別寫了序和後記。
關於這本書的種種，應該都寫得差不多了。
因此在寫這三版後記時，不知道還要多寫什麼？
如果剪貼之前寫過的，那我這個作者未免也太混了。
什麼？你說沒關係，你說你可以理解和體諒。
謝謝，你很寬容，這是美德，菩薩會保佑你，你會有好報的。

這部小說就從那個心理測驗開始，然後貫穿全文。
原先的設定，就是要以心理測驗中唯一的負面選項作主角。
沒錯，那就是代表金錢的孔雀。
大家的想法都一樣，我們不會覺得自尊或自由是負面，
而金錢這種東西，當然不能當作最重要的價值觀。
看來我們都被教育得很好。

書中的第一人稱──蔡智淵是選孔雀的人，

施祥益、金吉麥、Martini先生、李珊藍、教授也都選孔雀。

施祥益和金吉麥很像心理測驗中孔雀的象徵意義，李珊藍似乎也是。

但每個人都有各自不同選孔雀的理由。

藉由遇見各種選孔雀的人，蔡智淵從疑惑、排斥、氣餒、自憐、

追尋到理解，走完他這段人生旅程。

每個人重視的價值觀並不一樣，可能是金錢、權勢、地位、名聲等。

面對金錢的誘惑不為所動，未必較高尚，可能只因為他要的是權勢。

那麼他和視財如命的人有區別嗎？

而如果把視財如命的「財」，

換成「愛情」、「自由」、「事業」、「自尊」，

哪一種會比較高尚？

其實正如《孔雀森林》第七章的標題：只是選擇而已。

為了愛情而放棄麵包的人會被歌頌；

為了麵包而放棄愛情的人卻不被諒解。

但那只是選擇而已啊。

在自主意志選擇下，以不傷害人、不違反道德公平正義為前提，

誰能斷定哪種價值觀是比較正確的呢？

領先時代五年叫先知，備受推崇和尊敬；

但領先時代五十年則被視為妖孽，人人得而誅之。

價值觀是時代的函數，用科學的話講，叫unsteady。

有時這東西的對與錯，在不同的年代或地點會有不同的評價。

同樣一個人，在不同地方、不同時間，評價會不一樣。
例如有個女孩，白天在學校當學生，晚上在酒店陪酒。
當你白天在學校遇見她，你可能會說：
「這女孩真糟糕，晚上還去酒店陪酒。」
但如果你晚上在酒店遇見她，你可能會說：
「這女孩真上進，白天還去學校念書。」
請把這例子當笑話就好，但你也可以思考一下。

這部小說中不斷提到的那個心理測驗，
只是說明每個人都有自己的價值觀或選擇。
而所謂的「選擇」，是自己選的，不是給你各種選擇讓你挑。
所以故事中的榮安和三流作家，堅持不選心理測驗中的五種動物。

如果你的選擇是孔雀，
你不必費盡心思扭轉別人認為你一定虛榮的既定印象。
你只要開屏，漂亮活出自己即可。

人們努力找尋某些框架以便套在各式各樣的人身上，
似乎這麼做可以幫助了解人、分類人，
讓深奧的東西擁有表面上的定義。
被套上框架的人，如果不喜歡這框架，往往用盡一切力量掙脫。
其實這算白費力氣，因為去了一個框架，還會再來另一個新的框架。
直到套上一個喜歡的框架為止。

但有些人卻能自外於這些框架，簡單輕鬆地活著。
他們從不試著扭轉別人的刻板印象或定義，因為他們是為自己而活，

不是爲了改變別人無聊的想法而活。

我們都在追尋自我，尋求自我價值的肯定。
重點不在於別人怎麼看你，而在於你怎麼看你自己？

我們總是想盡辦法去成爲某種人，很少想過該如何完成自己。
我很慶幸自己不會也不想成爲別人，因爲我已經找到自己。
剩下的，只是如何完成自己罷了。

蔡智恆
2019年10月　於台南

國家圖書館出版品預行編目資料

孔雀森林 / 蔡智恆著. – 三版. -- 臺北市：麥田出版：家庭傳媒
　　城邦分公司發行, 2019.12
　　264面；14.8×21公分. -- (痞子蔡作品；07)

　　ISBN 978-986-344-716-0 (平裝)

863.57　　　　　　　　　　　　　　　　108019087

痞子蔡作品　07

孔雀森林

作　　　　者	蔡智恆	

版　　　　權	吳玲緯	
行　　　　銷	巫維珍　蘇莞婷　黃俊傑	
業　　　　務	李再星　陳紫晴　陳美燕　馮逸華	
副 總 編 輯	林秀梅	
編 輯 總 監	劉麗真	
總 經 理	陳逸瑛	
發 行 人	涂玉雲	

出　　　　版　麥田出版
　　　　　　　104台北市民生東路二段141號5樓
　　　　　　　電話：(886)2-2500-7696　傳真：(886)2-2500-1967
發　　　　行　英屬蓋曼群島商家庭傳媒股份有限公司城邦分公司
　　　　　　　104台北市民生東路二段141號11樓
　　　　　　　書虫客服服務專線：(886) 2-2500-7718、2500-7719
　　　　　　　24小時傳真服務：(886) 2-2500-1990、2500-1991
　　　　　　　服務時間：週一至週五09:30-12:00・13:30-17:00
　　　　　　　郵撥帳號：19863813　戶名：書虫股份有限公司
　　　　　　　讀者服務信箱E-mail：service@readingclub.com.tw
　　　　　　　麥田部落格：http://ryefield.pixnet.net/blog
　　　　　　　麥田出版Facebook：https://www.facebook.com/RyeField.Cite/

香港發行所　城邦（香港）出版集團有限公司
　　　　　　　香港灣仔駱克道193號東超商業中心1/F
　　　　　　　電話：(852) 2508-6231　傳真：(852) 2578-9337
　　　　　　　E-mail：hkcite@biznetvigator.com

馬新發行所　城邦（馬新）出版集團【Cite (M) Sdn Bhd.】
　　　　　　　41-3, Jalan Radin Anum, Bandar Baru Sri Petaling,
　　　　　　　57000 Kuala Lumpur, Malaysia.
　　　　　　　電話：(603) 9056-3833　傳真：(603) 9057-6622
　　　　　　　E-mail：cite@cite.com.my

書 封 設 計　謝佳穎 Rain Xie
版 式 設 計　黃國昇
排　　　　版　立全電腦印前排版有限公司
印　　　　刷　沐春行銷創意有限公司

初 版 一 刷　2005年09月25日
三 版 一 刷　2019年12月05日
定價／320元
ISBN：978-986-344-716-0

城邦讀書花園
www.cite.com.tw